河畔

陈宏伟 著

河南文艺出版社
·郑州·

目录

第一章

双栖

1

我刚从学校毕业，回到老家寨河镇，陪伴我四年的铺盖都没拿，连同一只不锈钢保温饭盒，全都留给了学弟。记得学弟满口答应给我捎回来，但从那时至今学弟遁入人海一直失联。罗兰的行李太多，两只大皮箱，还有一台486奔腾电脑，主机、显示器和键盘在寝室散落一地，我拎的全是她的家什。前途一片迷茫，不知何去何从，又时时担心罗兰会怀孕，我为此深陷焦虑。就算蒙头大睡，也如同假寐。父亲一把掀开我的被子，冷着脸说，十八岁算成年，我养你到二十一。我睁眼看了看，庆幸罗兰并不在旁边。我对得起你，该给我滚了吧！父亲陈坪就这样下了逐子令。

我带着罗兰仓皇上路，如同私奔。第一站是X市的淮河饭店，如果不成，就打算南下广东。我的毕业证里夹着一封推荐

信，是写给淮河饭店的总经理阮大珍的。我不确定它能否奏
效。上学期间有时凌晨三四点钟从 X 市下火车，我就会蹿到淮
河饭店大堂的沙发上坐等天亮。它的招牌来自省书画院的名家
之手，霓虹闪烁，成为一个醒目的地标。于我而言它就是没钱
开房的避难所，兜里或许还有一沓纸钞，但它们每一张都各有
用处，不容许我胡乱挥霍。

　　上午十点多钟，我们坐着大巴摇摇晃晃三个小时，才抵
达 X 市，找到淮河饭店的总经理室。这是一幢 1970 年代的
青砖老楼，被命名为一号楼。东侧一半是淮河宾馆最为廉价
的房间，只需六十元即可住上一晚，西侧作为饭店的办公区。
虽然只有四层，但楼体特别长，走在楼梯道里幽深看不到头。
木地板如同采用废弃的铁轨枕木拼成，刷着朱红老漆，透过
龇牙豁嘴的木缝可以看到下面悬空的黑暗，仿佛无底之洞，
罗兰的高跟鞋踩上去嘭嘭作响，带着敲鼓似的有节奏的回音。
阮总刚刚起床，一个身材娇小的女服务员正在给他冲泡一杯
金味麦片，茶几上还放着一只牙缸，横亘在杯口的牙刷上已
挤好牙膏。我觉得阮总很敬业，他大概以饭店为家，昨晚就
在办公室里面的套间过夜。不过这种行为用我们大学老师的
话说叫夜不归宿，背后的意思其实很难听。阮总看了那封推
荐信，其间他的眼睛抬起，没有看我，而是时时从坐在我旁

边拘谨不安的罗兰脸上掠过。我的确缺个秘书，以前的办公室主任给我写年终总结，稀稀落落几十行，列举饭店全年的收入和支出数字，等着我这个总经理给他填空。阮总弹了弹那封推荐信，端起麦片喝了一口，笑眯眯地说，除了写文字材料，你会写大字吗？我心里想，阮总你忘了先刷牙。我小时候练过……我竟口吃起来，不知阮总说的写大字是干什么用的。我小学时曾用斗笔写过几天大字，由于太过丑陋，被陈坪断定朽木不可雕，并以挨了他的两记耳光而告终，从那之后再未掂过毛笔。阮总摆摆手，是美术字，老宋体，写在报纸上，然后衬上白纸剪下来当作会标，以前都是老办公室主任写，现在他退休了，你来饭店工作，必须把这个活儿接下来。我像听明白了，又还糊涂着，心里想这玩意儿街头电脑店明明可以打印，干吗非要人力为之。迟疑片刻，我点头硬撑，这个可以学。阮总说，人是万物之灵，学啥有啥，年轻人嘛，只要愿意学，肯定可以的。他修个大背头，大约蘸水梳过不久，发丝油黑发亮，耳边的几绺长发总是垂至额前，他时不时像女人般地撩至耳际，不过他的动作看上去很潇洒。头发散下来，如同落魄的流氓犯，撩上去，瞬间变成风度翩翩的老总。

　　阮总忽然起身离去，他穿着一件深绿色梦特娇亮丝T

恤，下摆扎进黑色西裤里，身材匀称，健步如飞。罗兰碰了碰我的腿，悄声问道，推荐信是谁写的？我瞟了一眼正在给阮总擦拭桌案的女服务员，她长得真乖巧，像肄业的初中生，一声不吭拖地的时候刘海儿在脑门前晃来晃去，宛若视我们如无物。我朝门外看了看，冲罗兰使了个眼色，意思是现在问这不是扯犊子吗？果然只过了两三分钟，阮总就脚步匆匆地回来，后面跟着一个白面长者，戴着金丝眼镜。我连忙站起，装着有点不知所措。阮总摆摆手，说，小陈，小罗，给你们介绍一下，这是饭店的高书记，市委下派的领导，若论写材料，你得跟高书记好好学。我说，高书记好。罗兰比我慢了半拍，忸怩地重复道，高书记好。高书记微微一笑，在阮总的沙发上坐定，问，你们有派遣证吧？我说，有，我们是最后一届分配生，明年毕业的学生，学校就只发报到证了。高书记用手指轻轻敲击着面前的深褐色的玻璃茶几，又晃了晃脖颈，似乎为了缓解颈椎病，这动作跟陈坪如出一辙。高书记淡淡地说，写篇文章吧，我给你出个题目，《全市宾馆酒店业发展之我见》，写好以后我看看再说。我差点吐出个脏字，日。

　　高书记离开以后，靠在套间门上的女服务员扑哧笑了一下。她悄无声息，原来我们每个人说的话她都听得清楚明白。

阮总笑道，傻妞，你笑啥？女服务员说，咋，笑一下不能啊？又吐着舌头道，写文章，好难！阮总神情一正，小陈，我先在一号楼给你安排个房间，你们暂住几天，如果确定能接收你们，再想法去外面租个房子。吃饭容易解决，饭店有工作餐，这样可以吧？我连忙说，行。阮总沉吟一会儿，高书记说的那篇文章，你要好好写，全市一共有八个规模较大的星级酒店，分别是老牌的淮河饭店、新华饭店、东风宾馆三家，新崛起的碧海、龙凤、帝坤、沁园春和滨湖假日五家，号称八大宾馆，我们八个老总每年都会开一个圆桌会议，你重点考察这八家酒店就可以了。

2

　　罗兰将皮箱里的裙子一件件展平，细心地挂在衣架上，仿佛这是她的家。一号楼的房间设施陈旧简陋，两张单人床并在窗前，中间夹一张高脚书桌，墙边的一对沙发边角炸线，露出黄褐色的海绵，但床单和被罩尚还洁白干净，如同医院的病房。我往床上一躺，床板发出"咔"的一声，不是"咔嚓"，它们有区别，后者是断掉，前者是将断未断，尽管如此也令我不敢大动。床单上喷着两个宋体字"市招"，我有点不明所以，就翻阅《宾客指南》，才知道淮河饭店是X市政府招待所，企业化管理的事业单位，"市招"应是它的简称。它的宋体字让我想起了写大字的事儿，愁云顿时笼罩心头。罗兰说，你和阮总只讨论让你到办公室工作，一句都没提把我放哪儿。我说，有我吃的，就不会让你饿着。罗兰又说，阮总是不是认为我俩已经结婚了，只安排一个房间。我不由得冒火，有一个房间就满足吧，你还想咋样，给你在三号贵宾楼开个豪华套间？罗兰说，我不是那意思。我说，那是什么意思？罗兰苦着脸说，人家还是姑娘，就这样不明不白地跟你住到一起。我说，你就装吧。

　　罗兰嫌职工餐厅的自助餐盘不干净，用饭盒打饭回来。豇豆炒肉、红烧茄子和炒红苋菜，我刚扒拉两口，罗兰问，对了，你的推荐信是谁写的？感觉挺管用的。我噎了一下，红苋菜将下面的白米饭染得鲜红，我忽然觉得那颜色怪异狰狞，阮竹枝扭曲的脸在眼前晃来晃去，胸口一热，差点儿将吃进去的东西全吐出来。扔下碗筷，我一边找外套一边说，用自助餐盘吃饭是有道理的，这些东西不可以搞在一起。说完就走出房间。

　　我决定先到火车站旁边的东风宾馆去考察一下，与其说考察，不如说是踩点，我的行径的确如同做贼。东风宾馆隶属于市委，和淮河饭店差不多算孪生兄弟。不同的是，淮河饭店大约从1970年代开始，每隔十年盖一栋楼，分别叫一、二、三号楼，一号楼最老，三号楼最新，而东风宾馆就一幢十二层的高楼，逼仄地立于火车站对面，像个巨大的墓碑。我问总台的女服务员，你们标准间多少钱一间？话刚出口我就后悔了，因为总台后面的墙上清清楚楚地标明着今日房价。女服务员微笑着说，先生，您好！我又问，你们宾馆年收入多少？女服务员很瘦削，而且白皙。我们寨河镇的街坊认为，白胖子容易，白瘦子难得，这是天生的白，不掺假的白。她听懂我的话，却像是不明白我的意思，脸上的笑意慢慢消失，皱眉看了看旁边一个年龄稍大的正在数钱的女服务员，有点不知所措。那个女服务员将手里的钱放入抽屉，朗声问道，先生你有什么事情吗？我说，你们宾馆一共有多少间客房？每月的入住率是多少？毛利润是多少？她反问，你是干什么的？我说，没事，随便问问。这些无可奉告，我们也不知道。她说完冲我白了一眼，又重新拿出钱来数，过一会儿，又侧脸对瘦削的女服务员低声说，别理他，有病！我觉得脸皮发僵，假装没有听见，悻悻而去。

　　考察第二家酒店我换了个思路，因为阮总说得明白，淮河、新华和东风是本市三家老牌宾馆，张三李四王麻子，应该是差不多的德行。我坐个人力三轮车，沿着市区中心大道一路寻觅，找到了帝坤大酒店。乾为天，坤为地，我觉得这酒店的名字翻译一下就是帝地大酒店，真傻逼。可能为了彰显帝王之色，酒店大堂金碧辉"黄"，黄色的黄，到处黄得令人眼晕。总台里的服务员一男一女，堪称俊男靓女。我掏出钱包放在台面上，抽出两百元，抽出一半停止，手压住钱包，问女服务员，你们帝坤年收入多少？啧啧，赚不少钱吧？女的一笑，赚再多都是老板的。我又问，你们客房的入住率大概是多少？感觉天天能爆满。女的仍在笑，先生，我们标准间押金是三百。我从钱包里又抽出一张百元钞，仍然抽至一半，问，你们开年终总结会吧？老板说年利润多少？女的没有回答，男的警觉了，像是发现我行为不端，厉声问，你想弄啥？我晃着手里的三张钞票，嘿嘿一笑，想知道你们酒店一年赚多少，也可以给你们酒店搞搞宣传。男的说，你到底住不住？我说，想住，怕不安全。男的粗声说，我们酒店香港老板投的有股份，咋个不安全？我故作轻松地说，也不是那意思，就是问问酒店的效益咋样，效益好的肯定安全。男的充满鄙夷地说，这与你有关系吗？闲吃萝卜淡操心。我顿时火起，知道什么也问不出来了，拍着台面说，你怎么说话呢，你会说人话吗？见我嗓门大起来，男的反倒低声说，你是不是想给你数数皮子？说着就要从服务台里面往外走，嘴里冲门外喊道，保安！保安！我用手指了指他的脸，意思是你给我等着，抓起我的钱包就走。

　　九月的天气，还有点溽热，我真不该穿着西装出来，衣冠楚楚，后背湿透。往回走的路上，我在心里一遍遍痛骂让我写文章的那货，还不知他的全名。这是个十足的馊主意，谁若不信就去试试，一个陌生人怎可能摸清全市酒店的经营状况？恐怕只能靠估谱，靠约莫。当然这个馊主意对我来说也有有利的一面，给淮河饭店录用我们提供一个理由。路过X市政府门口，我发现门口两侧写着八个大字：二次创业，富民强市。硕大的老宋体美术字，约有一人高，这大概就是阮总说的会议标语采用的字体。横细竖粗撇如刀，点如瓜子捺如扫。我一遍遍琢磨那八个字的书法方法，不能说如痴如醉，真是流连忘返了。看字迹边缘的书写痕迹，原来先用铅笔打上格子，再刷的红漆。我觉得最坏的退路是有样学样，我也可以先在报纸上打上格子，将写宋体字的硬功夫演变为打格填字的游戏。

　　天色黑透了我才回到淮河饭店，在房间门口就听见里面传来姑娘的笑声。一推开门，笑声戛然而止。床上躺个美女，穿着淮河饭店的白色衬衫配红短裙，身材修长，小腹平坦，性感的锁骨突出，她脖子一挺从床上坐了起来。罗兰说，这是江思雅，她是餐厅的领班，我们两个的家相距还不到五里路。我微微一笑，这么快就认识个老乡。陈哥，江思雅声音甜美地喊，我们两个的家中间隔着一条淮河。我问，你们笑得这么开心，在讨论淮河吗？罗兰拿起桌上的几张纸说，我们在讨论你所需要的八大宾馆，江思雅将情况全讲给我听了，已记在纸上面，可算给你帮了大忙。我惊喜不已，是吗，感谢你雪中送炭。江思雅说，陈哥，我了解不算多，大约有个百分之八十吧，有需要了解什么你再问我。说完起身离开，走到门口，她又回头笑嘻嘻地说，现在全饭店都知道了，新来了一对大学生情侣。她的高跟鞋踩在走廊的木地板上如同鸡啄米，清脆而动听。我问罗兰，你们怎么认识的。罗兰说，女服务员宿舍在里面，她从餐厅回来，忘了带钥匙，就过来坐一会儿。我说，噢。罗兰又说，她是领班，在淮河饭店干了五六年，知道许多事儿。我拿起她记在纸上的八大宾馆的信息资料，立刻精神倍增，全然忘记了还没吃晚饭。罗兰说，现在一切都取决于你。我说，是的。罗兰又说，你不是曾经想要当个诗人吗？你要重振水瓶座的荣耀。我说，我会尽力的。她后来说的什么我都听不见了，那些数字我越看越心惊，我觉得淮河宾馆就像一台庞大、老旧而效率低下的机器，说不定哪天就停摆了。

罗兰洗完澡，像美国电影里的女演员那样，用床单裹住身体，走到我身边。

3

　　阮总喊她傻妞的那个女服务员来找我，站房间门口冲我招招手。我说，你好啊。她说，你来。说完转身就走。我跟在她身后，一直走到总经理室门口，她才小声说，阮总让你过去。我心想难怪阮总叫你傻妞，早跟我说，我也换双鞋子，脚上跶的是房间配的拖鞋。正要回去，阮总从房间里走了出来，手一撩他垂至额前的长发，说，小陈，交给你个任务，饭店门口有火车票代售点，你去买张票，送个小家伙去西安，等会儿就出发。这时他兜里的手机铃响，他掏出来把手机盖一翻，拔出细细的天线，一边接听，一边冲我摆摆手。我听得糊里糊涂的，也不敢多问。他的手机是最新款的摩托罗拉掌中宝 338C 模拟机，我心仪已久。

　　说是小家伙，原来是大小伙，比我还高一头，拉着个行李箱，见到我说，叔叔，我妈妈说你送我，谢谢叔叔。我说，别喊我叔，我比你大不了多少。小伙子一笑，很帅气。从 X 市坐绿皮火车到西安，大约需要七个小时。小伙子很机灵，挤上火车，很麻利地将行李放好，根本不需要我帮忙。我们面对面坐着，他把车窗调至半高，任外面凉爽的风吹进来。淡绿色的原野上一片连着一片的玉米地唰唰地从眼前往后退，盯着看久了，有点眩晕。我问小伙子，你叫什么名字？他说，王彬彬，彬彬有礼的彬。我又问，你上的哪个大学？他说，西安交大。我心里肃然起敬，这是一所要我老命也考不上的名校。我说，你真厉害！他嘿嘿一笑，我喜欢西安交大，我妈妈也说这个学校不错。我觉得他说话有点娘，我会说我妈怎样，绝对不会说我妈妈怎样，可能这是城里学生与我这样农村出身的人之间的天然区别。你考了多少分？我问道。他有点不好意思，挠挠后脑勺，说，我分数不高，是阮叔叔给我搞的指标。我心里一惊，淮河饭店的阮总吗？他说，是的。我简直对阮大珍佩服得五体投地，搞个西安交大的入学指标，如果不是亲耳听见，绝对会认为是天方夜谭的事情。学费是不是很贵？我疑惑地问。他语气平淡地说，还可以吧，一年一万八。我想到我的大学学费是一年六千，他是我的三倍，但人家是西安交大啊，不可同日而语。我说，值得。

　　我心里生出一种前途无限光明的感觉，跟着阮总这样的人物混，我相信他既可以帮衬我、提携我，同时我也一定可以从他身上学到很多。不由得想起写给他的那封推荐信，罗兰两次问我是谁写的，我都顾左右而言他。快毕业的一天夜晚，我到团委会办公室去，忘了是因为什么事情。在我们学校，作为团委会的宣传部长，我一直觉得团委会比学生会牛逼，因为团委会有间办公室，可作为我们的活动场所，甚至可以用来复习考研。而学生会就没这个待遇，开会都找不到地儿。我推开门，没想到宣传委员阮竹枝在里面，她躺在一张木椅上，脸色很白。我说，竹枝，你怎么在这儿？她微微一笑，挣扎着想坐起来，脖子硬了一下，又靠在椅靠上，手拍了拍木椅扶手的玻璃杯，说，你给我倒杯水吧。我把水给她倒好，心里忽然生出一念，想向她借钱。当时处于期末，我的生活费已经透支了，真担心家都回不去。我们团委会的人都知道，阮竹枝家比较有钱，同学聚会都是她埋单。有一次她一个学期的生活费六千块在寝室遭窃，我想发动同学给她募捐，她断然拒绝，然后嘻嘻哈哈地说，钱丢了我也很难过，但一想到我老爸是摇钱树，我抱着他那棵树使劲摇一摇，就能摇下钱来，也就不难过了。我喜欢她没心没肺的性格，她的上颌长了一颗虎牙，经常嚷嚷要将它拔了，我却觉得很可爱。你有钱吗？我冲她搓了搓手指。她额头上竟然沁出许多汗珠，眉头紧蹙，眼角后面甚至暴起了一条蚯蚓状的青筋。她轻轻地叹息一下，问，你用多少？我想了想，说，五百吧，如果毕业前还不了你，我回家后会邮寄给你。她的手捂着肚子，我刚想问她是不是肚子疼，她忽然一把抓住我的手，整个脸都扭曲了，尖厉地喊了一句，北洋，救我！我往她身下一看，顿时眼冒金星，两腿发软。木椅下面，竟然有一摊血，她的下半身几乎被血染透了，还有血在滴滴答答往下滴。我大喊，竹枝，你这是咋啦？她虚弱地一笑，我吃药了……我吓得浑身发抖，抱起她说，怎么办？她惨笑着说，我不想让任何人知道……我背起她往学校附属医院跑，几乎是慌不择路，但浑身有使不完的劲。告诉我，你吃的什么药？我边跑边问。她哭泣道，北洋，我怀孕了。我说，要给你家人打电话。她说，不要打，不要打，如果你打电话，我宁愿死。

我算是救了阮竹枝一命。离校的前夜，她在走廊上拦住我，穿着洁白的短裤，靠在墙壁上，如同羞涩的小女孩，歪着脑袋说，北洋，听说你要留校对吗？她给我的感觉像是历经劫难，浴火重生，但也更加惹人怜爱。我说，学校可能有这个想法，但罗兰无法留下，我还是决定跟她一块儿回老家。我想问她与那个害得她独自吃堕胎药的杂种的关系怎么样了，话到嘴边，又忍住了，她一定不想旧事重提。她掏出一个牛皮信封递给我，说，老师给你写了一封推荐信，你可以去找X市淮河饭店的阮总，信你不要看……她低我一届，平日里古灵精怪的，总能做一些我想不到的事情。如果不是陈坪将我轰出家门，走投无路，我都忘了那封信。

　　夜里九点多，火车抵达了西安。我心里隐隐有点激动，从没来过古城西安，何况是西安交大这样的高等学府。我什么行李都没拿，空甩着两手，拉着他的行李箱，刚走到出站口，王彬彬说，有人来接。我看到前面有十几所高校的牌子高举着，令人有点眼花缭乱。他径直走到一个牌子前面，和几个年轻人简短地说了几句，立刻有学生过来帮他拎行李。我几乎傻在了那儿，因为那个牌子上写的是"西安交通职业大学"，而我们说的明明是西安交通大学，"职业"两字可多不得，但王彬彬仿佛和那帮年轻人很熟似的，我也不好打岔。广场处停着一辆商务面包车，我们六七个人都挤了上去。车子往学校疾驰，外面只能看到马路边的两排路灯，其他我什么也看不清，但凭感觉车子是在往城郊开去。我低声问王彬彬，你上的是西安交通职业大学吗？他点点头说，嗯，是的，西安交大。我说，这和西安交大可不同。坐在副驾驶上的年轻人回头说，我们不在西安交大上学，但领的是西安交大的毕业证。我狐疑地问，怎么可能？王彬彬说，要参加自学考试。我瞬间崩溃，终于明白了，原来不过是相当于自考培训班。我真想说，既然是参加自学考试，在家里也可以学，何苦要来西安上学呢？又一个接站的年轻人说，我们学校有一半的毕业生拿到了西安交通大学的自考毕业证，还有选择西北大学的。我说，有没有什么也拿不到的？年轻人看了我一眼，说，有的，是极少数，实在考不过去，可以转个好考的专业，或者延期毕业，只要肯学，还是可以毕业的。我陷入无语，什么都懒得问了，而且我此行似乎根本没有必要，这边接站服务很到位，我送王彬彬来真的多余。

交费、登记、分寝，每一步都不用我插手，接站的人径直将王彬彬领回寝室。我找到宿管人员，说是学生家属，需要住宿一晚。他给了我一把钥匙，还有一件军大衣，让我在一间空荡荡的男生宿舍将就一晚，收费十元。每张床上都只有一床硬邦邦的棉床垫，全都没有被子，我夜里就裹着那件军大衣。九月的天气，夜深的时候还真有点冷。恍惚之间，我感觉送王彬彬来上学，本身像阮总对我的一次考试。高书记布置了一篇文章，他安排了这次任务，谁说不是呢？地上有一本烂杂志，我拿起来一翻，是这所西安交通职业大学办的刊物，第一页就是一篇雄文，令我如获至宝，题目是《西安民办高校发展之我见》，我觉得把"西安民办高校"换成"X市宾馆酒店业"，简直就是我要写的文章。

天还没亮我就醒了，在校园里转了一圈。这所学校可能新建不久，另一半挖掘机在挖土，完全是个建筑工地。校园中央有一座高大的假山，上面题着四个漆金大字：璞玉浑金。我不禁哑然失笑，孟子说君子有三乐，父母俱存，兄弟无故，仰不愧于天，俯不怍于人，然后是得天下英才而育之。古人尚知办学要得天下英才，这儿写着璞玉浑金，岂不是羞辱人吗？不知办这样的学校有什么乐趣可言。或者说，人家的目的根本不在于乐趣，在于挣钱，倒也解释得通。早餐我喊王彬彬一块儿去餐厅吃，真不错，两排长长的廊棚，两边是全国各地小吃大荟萃，想吃啥有啥。试着买来几样，但都没想象的好吃。草草吃几口，我准备返程。王彬彬说，叔叔，学校太大，我就不送你到学校门口了，就此别过。我说，好的。想了想，他又问了一句，叔叔，西安交大的自考毕业证是不是含金量很高？我说，是的，三个九的千足金，你要好好学。我们说话的时候，身边不断有学生情侣手挽手经过。

不能白来西安一趟。返程是下午两点多钟的火车，上午我去了大雁塔。我知道大雁塔不是因为玄奘在那里保存从天竺带回长安的经卷，而是因为诗人韩东。他写了一首在我们

学校广泛流传的诗歌《有关大雁塔》，那帮废柴同学，一个
个讨厌优雅，讨厌崇高，讨厌被唤醒，更讨厌被绑架，被教
育。唯有韩东的诗平淡无奇，如同凡夫俗子，却又像发泄着
什么，很难说得清楚。我刚好也是他众多拥趸中的一员。大
雁塔门票四十元，我瞅了瞅，门卫把关甚严，无空子可钻。
有一支旅行团正在排队进入，我想混进去，刚刚靠拢他们排
的长蛇阵，就有一个女导游冲我摆手喊，别往我这里面插！
别往我这里面插！我说，就插一下。她激烈地摇头说，不可
以！

　　好在大雁塔不大，转身几步就走到它的后门，竟然只站
着一个保安模样的人。我掏出二十元钱，竖起食指向他
"嘘"了一下，往他裤兜里塞。他两只手张开得像企鹅一样，
身子僵着，嘴里喊，你弄啥？你弄啥？我没理会他，径直走
了进去。登临大雁塔，我觉得自己很特别，身边很多人，我
们混在一起，俯瞰西安，想象大唐盛景，但可能只有我是因
为一首现代诗歌而来的，它写于 1983 年，现在是 1998 年，
十五年过去，我仍清楚地记得韩东的诗句：那些不得意的人
们/那些发福的人们/统统爬上去/做一做英雄/然后下来/走进
这条大街/转眼不见了/也有有种的往下跳/在台阶上开一朵红
花。我心里骤然跳动了一下，竟又想到了阮竹枝，她那痛苦

万分的惨白的脸在我眼前闪晃，这简直成了条件反射，不能看到红色，不能想到鲜血。

4

我在又激动又兴奋的心情下奋笔疾书，写那篇《全市宾馆酒店业发展之我见》，看过从西安带回的那本校刊杂志，简直不像是写文章，而像是畅游和飞翔，那种美妙的感觉，真无法言说。

我把文章交给阮总，他匆匆扫了两眼，让傻妞拿去给高书记。问我，你去西安，一共花了多少钱？我想了想说，九十元。他神情一愣，又问道，多少？我说，九十，往返火车票八十，住宿费十元。他哈哈一笑，从兜里唰一下掏出两张百元大钞递给我，说，这是小费，那九十元你去财务报销。我连忙推辞。他坏笑着说，我让你送那小家伙去上学，把他妈留在饭店跟我们打牌，一天一夜，她输了三万八。我吃惊不已，只得尴尬地接着。他掏出烟来，想递给我一支，我连忙摆手，假装不会吸。他点燃深深吸了一口，长长吐出一口，自言自语似的说，你就在办公室干吧，你那女朋友罗兰，安排她到客房部，先从领班干起。我很欣赏阮总掏钱的动作，他应该有一沓钱装在裤兜里，掏钱时不把整沓钱拿出来，而是伸手在兜里抠，他能准确地掏出想要的张数，无论三张还是五张，唰一下，像吐钞机一样准。

第三天，我在淮河饭店的院子碰到高书记，他眼神有点放光似的，老远冲我喊道，小陈，你过来。我毕恭毕敬跑过去，说，高书记。他说，欢迎你来市招，好好干吧，在这里干好了，往市政府办公室调也是有可能的。我笑着说，是吗？他眉梢一挑，我们淮河饭店出过很多人，都调到市里去了。我说，嗯。他又叮嘱一句，小陈，你是个人才。我心想，你说对了，可惜没有用武之地。

我把此消息告诉罗兰，她却不喜欢这里，说，我感觉淮河饭店在走下坡路，大厦将倾。我说，这是一家市政府所属的正处级事业单位，有编制。她想了想又说，我听说许多女服务员都跟阮总好，这样就可以转正。她总是小道消息灵通，不过这并不让我意外。我早看出来了，女服务员宿舍在走廊的最里面，每一个女服务员夜晚回寝室，都要从夜不归宿的阮总办公室门前经过。常在河边走，偶将鞋子打湿也是有可能的。我笑着说，别相信传闻。罗兰眨着眼睛说，不是传闻，都是涉事女服务员自己说出来的事实，要让饭店其他领导都知道，最好饭店所有的人都知道。我震惊不已，问，为什么呢？罗兰不动声色地说，这样就会在饭店上下形成一个共识，她要转正了，用舆论倒逼领导的决策。我脑袋嗡嗡响，第一次发现罗兰真不可小觑，她自有她的聪明之处。罗兰说，我那个美女老乡江思雅，她马上就要转正了。我沉默片刻，说，先干半年再说。罗兰摇了摇头，叹气道，许多事情你都喜欢以半年为借口，记得当时我不愿意跟你交往，你也说先交往半年再说。

第二章

细浪

1

  但凡隶属于政府的老牌酒店，都喜欢用名山大川作为名字，似乎这样才显得正统、高雅。我们叫淮河饭店，自然意思就是说处于淮河之滨。某一天，我们收到一张大红烫金请柬，是黄河饭店寄来的。无疑，他们地处黄河之畔。不消说，我们两家饭店是友好单位。无论双方饭店的老总怎么更迭，这种天然的情感一直割舍不断，如同山脉相连，水系相通。请柬上说，黄河饭店即将举行成立四十周年庆典活动，邀请我们淮河饭店阮总拨冗参加。阮总平时收到的请帖很多，一般是饭店职工婚丧嫁娶之类，虽然说礼金他会出，但人基本上都不会亲自光临。这次不一样，阮总几乎想都没有想，他用手指轻轻一弹那张请柬，说，这回必须得去给黄河饭店站台，也和广东珠江饭店、湖北汉江饭店、江苏扬子江饭店、安徽黄山饭店、四川峨眉饭店的几位老哥们儿聚一聚，他们肯定也会到场。

我们两家饭店相距三百公里，阮总决定驱车前往。他喜欢将烟、酒和茶叶，甚至赌资放在汽车后备箱，随时取用，乘火车不便携带。阮总钦定此行共三个人，除了他，还有我和樊露，我兼任司机。彼时我刚拿到驾照不久，还没买车，平时很少有机会摸方向盘练手，对阮总的信任诚惶诚恐。正日子是九月八日，阮总说六日下午出发。樊露有点疑惑，但她没有问阮总为什么，我更不敢吱声。

樊露原来是饭店的餐厅服务员，临时工，她是摆台能手，一张餐巾能折出二十八种花样，蝴蝶、邮件、大风车、晚礼服、圣诞树、白天鹅……代表淮河饭店获过 X 市餐饮服务大赛的金杯。她长我五岁，五官标致，皮肤白净，身材匀称，尤其是穿上淮河饭店餐厅服务员的工作服，白 T 恤配红色短裙，显出纤细的腰身，看上去乖巧可人。阮总爱看古装宫斗电视剧，喜欢一个名叫燕子的女演员，经常在办公室说樊露跟燕子长得很像，赞叹她是优秀服务员的标准版。很多女服务员为了转正，与阮总闹出各种绯闻，搞得饭店里尽人皆知。樊露则没有，她比较洁身自好。

给樊露转正，阮总似乎也是被逼的。他情绪好的时候会在办公室里跟我聊起当时的情形，显得无辜而坦荡。某天夜晚，樊露推开阮总办公室的门。饭店的人都知道，阮总向来以店为家，夜晚住在办公室的套间里。他睡觉前先会侧躺在办公室的沙发上看一会儿电视，门虚掩着。餐厅的女服务员夜晚下班回寝室，会路过阮总办公室门口，透过门缝看见里面荧屏闪烁，往往会嬉笑着、脚步欢快地跑过去。她们彼此心照不宣，像不怀好意地猜出阮总在等某个想转正的女服务员去敲门。那晚樊露有些莽撞地推门进去，站在阮总面前，一句话不说，噘着嘴巴，很痛苦、很受伤的神情。樊妮子，咋的啦？阮总笑眯眯地问。他以为樊露在餐厅受了客人的欺负，或者是和其他服务员闹别扭，这在饭店都不算稀奇事。樊露眼睛看着自己的脚尖，胸部一起一伏，像是憋着天大的委屈。阮总从沙发上坐起来，用脚找地上的皮鞋。他总是将皮鞋当拖鞋穿，已经转正的女服务员江思雅给他买了好几双皮鞋，后帮全被踩塌了。樊妮子，你到底咋的啦？阮总发现樊露眼睛里竟然噙着泪珠。我、我要辞职……樊露哇的一声哭了出来。原来X市的东亚商场在招工，新录用的女售货员只要干满两年，就可以转正。东亚商场是市商业局下属的大型国企，转正就意味着端个铁饭碗，无疑对樊露这样的饭店临时工充满诱惑力。樊露抽抽搭搭地将事情讲完，无比委屈地说，我家里、我爸爸让我来找你辞职……阮总听明白她的来意后，哈哈大笑，站起来在办公室来回踱了几步，点着她的脑袋瓜说，我以为多大个事儿，回去跟你爸爸说，你的辞职我不批准！樊露停止了哭泣，用手擦拭脸上的泪水，不肯离开，欲言又止。阮总用手一撩耳边的几绺头发，像是看透了樊露的心思，说，我今天给你咬个牙印，明年淮河饭店也给你转正！樊露你记着，跟着我阮大珍干，肯定比投奔李大头强！李大头是东亚商场老总的绰号，他名字叫李发图，跟阮总是1970年代末期同一批下放的知青，两人是交往几十年的把兄弟。樊露听了，这才破涕为笑，安心留在了淮河饭店。

其他女服务员说起樊露转正，明里暗里讥讽她的指标是哭鼻子哭来的，羡慕嫉妒恨之余，也很佩服她的手段。因为普通女服务员假若真想辞职，跟餐厅经理说一声就行，然后去财务室结算工资走人，根本不用惊动阮总。樊露哭这一场，其实是向阮总撒娇，把辞职搞成了一种行为艺术。后来樊露从服务员干到领班，又升至餐厅经理。等我到淮河饭店入职的时候，她已被提拔到办公室当副主任。我们俩的办公桌脸对脸，相处日久，对她很有好感。她温柔恬静，是个淑女型的大姐姐，像个可以依恋的人，所以我对阮总那个晚上的描述有点半信半疑。

2

　　约好下午三点出发，直到三点半樊露才拖着拉杆箱匆匆赶到饭店。阮总坐在车内不停地看表，几次想发作。然而当看到樊露的时候，他的怒气瞬间烟消云散。我瞥了一眼樊露，她原来去做了头发，烫了个波浪卷，看上去俏皮而时尚，显然是专为此行做的造型。更要命的是，她穿的镂空T恤太短了，时不时露出腰部的细肉，还飘散着一种浓郁的香水味。我隐隐感到有点不安，阮总是个出名的风流老总，我担心樊露会吃他的亏。人的本能有时候不好控制，我们俩仅仅是办公室的同事，不对，樊露是我的领导。我总想要保护她，这很荒诞。他俩并排坐在后面，我偷偷瞄一眼后视镜，感觉心跳得有点加快，口干舌燥。

　　阮总说，小陈，不上高速，我们走省道，去逍遥镇。逍遥镇？我们去那儿干什么？樊露尖着嗓子问。她手里握着一只粉盒，时不时对着粉盒里的镜子照照，像看口红是否变形，又像是打量自己的发型。我们去看芦苇。阮总淡淡地说，还可以品尝地道的胡辣汤。喝胡辣汤，主意不错哈！樊露说话的时候眼睛仍盯着镜子。

阮总这句话貌似跟樊露说的，其实也像说给我听的。我们办公室的窗户对着饭店院子绿地上的几簇郁金香，有一次我曾跟阮总提建议，X 市位于淮河之畔，我们饭店也叫淮河饭店，应该种与淮河有关联的植物或花草。阮总问，那应该种什么？我说，芦苇。阮总眨眨眼，眼神很含糊。我又说，芦苇是淮河土生土长的标志性植物，况且它也很美，蒹葭苍苍，白露为霜。阮总微微一笑，仍然不置可否，转身在裤兜里摸钥匙去开自己办公室的门，此后再未谈起这事。

车子驶出市区，绕过城郊的宝月湖水库，穿过一大片树林，沿着湿地边的小路往前开，我们尝到了偏离高速公路的乐趣，田野和丘陵像为我们打开了一扇又一扇窗口，吹进来的风带着水草的腥气和庄稼地的清香。我的情绪慢慢放松下来，参加黄河饭店的庆典仪式其实如同参加朋友的 party，约等于尽情玩耍，这样的出差机会并不多。看，那有一片芦苇！樊露忽然冲湿地边的一丛绿色植物喊道。阮总看了一眼，说，不是芦苇，它们叫芦荻。真的假的？怎么区分？樊露撒娇似的问。芦荻看上去像茅草，叶子边缘有锯齿，芦苇比芦荻长得粗，叶子边缘是光滑的。阮总从兜里抠出一支烟，边吸边以自豪的口吻说，辨认淮河两岸的芦苇，我捂住眼睛，用手摸都可以摸出来。你确定没有吹牛？樊露揶揄道。

阮总烟瘾很大，每天两包，如果打牌就没谱了。他不喜欢用烟灰缸，经常将吸两口的烟随手放在手机上搁着，烟头悬空，免得烧到桌面，但往往因其他事情分神，手机就被燃尽的烟头烫伤，久而久之他的手机就千疮百孔。不过我很欣赏阮总这种随性而为的性格，他对身外物似乎都满不在乎。阮总微微一笑，樊露，我跟你说的事情，你考虑得怎么样了？唔……还没想好，不过……樊露欲言又止，脸上浮出很痛苦的表情。我紧握着方向盘，心里微微一动，虽然不知他俩说的什么事情，但樊露对我在旁边显然有所顾忌，阮总则好像完全不设防。

小陈，我跟你讲，樊露在餐厅工作的时候，对自助餐提出一个颠覆性的建议，让头灶厨师做成本低的菜，让学徒做成本高的菜，使餐厅的营收增长立竿见影。阮总以一种讲故事的腔调说。为什么呢？我假装好奇，不怕学徒把高价菜做坏了吗？阮总和樊露默契地相视一笑，像是早猜出我无法理解其中的奥秘。自助餐要把蒸鲈鱼、蒸基围虾等高成本的菜随便搞搞，没什么味道，客人不喜欢吃，刚好摆在餐台上充样子。要把鱼香肉丝、萝卜炒肉片、鸡扒豆腐这样低成本的菜，还有扬州炒饭、蒸卤面等主食用心用意做好，吸引客人吃这些家常饭菜。反正要让每个客人吃饱，不吃饱客人肯定不会罢休。如果萝卜肉片吃完了，再炒一锅，成本低廉，如果基围虾吃完了，还得蒸一屉，成本就上去了。这些小门道，其实是大智慧，晓得吧？阮总讲起饭店的管理经，精神头十足，烟灰抖落在腿上都浑然不知。

樊姐厉害。我回过头说，真是个金点子！搞饭店管理，还是要多琢磨、多用心才行。阮总叹口气说，我想让樊露回餐饮部任经理，把饭店最重的担子挑起来……阮总，人常说好马不吃回头草。樊露嘻嘻哈哈地打断阮总的话。妈的。阮总无奈地嘟囔道。

我开着车，神思缥缈。说心里话，我不认同樊露那个降低自助餐成本的办法，耍小伎俩而已，真和她当初闹辞职的聪明劲儿如出一辙。做餐饮的正途，难道不是应该把端给客人的每道菜品都做好吗？阮总何其聪明的人，竟也有大脑短路的时候。

淮河上游最重要的两条支流是沙河和颍河，逍遥镇处在沙河和颍河交汇地带，它们汇合后称为沙颍河，往东注入淮河。太阳西沉，热风开始凉下来的时候，我们抵达逍遥镇。樊露向附近村民打听过河的桥在哪里，村民说旧桥拆了，新桥还未建，附近有渡船，可以把我们的车子渡过去。好，我们坐船。阮总兴奋道。

　　按着村民的指引在羊肠小径上往前行驶了十分钟，一条宽阔的河流出现在眼前。河水清澈，微波荡漾。河边停着一只平板货船，一个老汉坐在船尾，旁边站个小女孩，看见我们的车子，老汉立刻朝我们招手，示意往船上开。我猛地踩住刹车，河堤的斜坡太陡峭，往下看一眼，两腿就不由得有点发软，对我而言开车上船的难度和驾驶战斗机往航空母舰上降落差不多。你们下车，我来开。阮总说。像是为了故意炫技，阮总开车下坡时竟然还加了油门，车子轰鸣两声，轮胎摩擦河坡上的碎石扬起一团灰尘，车子蹿上货船，眼看要失控栽入河中，但行至甲板中央，车身轻轻一颤，稳稳地停住。

　　我和樊露往船上走，她自言自语似的说，姜还是老的辣。我心想，这话阮总肯定爱听，可惜他没有听见。我低声问，你以前参加过这种同行业酒店的活动吗？跟你一样，我也是第一次。樊露冲我眨眨眼，俏皮地说，以前阮总出差喜欢带餐饮部的人，个个喝酒海量，一瓶不醉，两瓶不倒！

　　船尾挂着一台柴油机，老汉按下启动键，冒出一股黑烟，船就"嘭嘭嘭"地划向河心。河水倒映着傍晚天空的颜色，呈淡淡的蓝，水面上一波一波的细浪。假如盯着河面看，水流又仿佛是静止的，如我们饭店绸缎台布上的花纹。这条河叫什么名字？樊露问划船的老汉，他上身的灰色旧短袖敞开着，露出干瘦而黝黑的胸脯。

　　颍河。那个小女孩脆生生地答道。她七八岁，头发扎得有点乱，黑眼珠大而明亮。是吗？这条河真美。樊露笑着问小女孩，这条船是你爷爷的对吗？是的。小女孩点点头。你怎么不上学？樊露哈着腰逗小女孩，哦，今天是周末，你来给爷爷帮忙对吧？小女孩羞涩地笑笑，露出洁白的牙齿。

　　樊露忽然指着河畔的一丛高大的禾草说，看，那绝对是芦苇！阮总瞅了瞅，鼻子"哼"了一声，说，那绝对不是芦苇，它们是芦竹，秆上有分枝，芦苇的秆上没有分枝。樊露嗲声说，你认得就那么准？别是蒙我的吧！阮总用手指着远处的黄昏中的田野说，前面是黄泛区，二十多年前我在这儿插队，经常跑到河边割芦苇，回去插在舞台上作为布景，营造出芦苇荡的效果，排演样板戏《沙家浜》，我们身着军服在芦苇中穿行，真跟新四军似的。看着阮总陶醉于往事的样子，我说，那是火红的年代啊！阮总沉吟道，小陈建议在饭店院内的绿地上种一片芦苇，我觉得这主意还真不错。樊露看了看我，脸上的表情似笑非笑。

阮总的手机响了，他站在船头，接着电话，一只手在空中不停地挥舞，向对方描述我们正在乘船过颍河，和对方约好等会儿见。

颍河是淮河最大的支流。我说。樊露眯着眼朝下游看去，河面在往前不远处拐个弯消失在树丛之中，看上去像个湖泊。难怪这么宽阔，真美。樊露说，你说沿着河一直往东走，会不会看见大海？我嘿嘿一笑，应该可以，前提是你别迷路，淮河流入洪泽湖，然后一半向东入黄海，一半向南入长江。

船到河岸，樊露问老汉，要多少钱？十块。老头竖起一根手指，又补充说，要零的，我没钱找。天啊，太便宜啦！樊露惊叹的语调很夸张。我们和阮总一块儿出差，她自然负责财务，所有开销都由她埋单，回去再报销。然而她拉开自己的豹纹坤包翻了翻，却叫嚷道，我只有银行卡，还没取钱呢，没现金咋办？我兜里带有一千多块钱，可全是一百元面额的，就迟疑着要不要掏出来。没想到老头摆摆手说，你们回来时再给，跑不了。小女孩昂头冲樊露说，回来一共要付二十。好！阮总笑着说，回头再给船钱，跟当年我在这儿插

队时一样。樊露笑眯眯地摸了下小女孩的脸说，行，我跟你
拉钩吧，回来二十。

3

　　车过逍遥镇，阮总自己当起了司机。窗外夜色渐浓，影影绰绰的玉米地，一闪而过的树木，很难判定我们的位置和方向。阮总车速很快，像是进入他驾轻就熟的道路，要把前面被我磨蹭耽误的时间追回来。行驶了二十多分钟，车子穿过一条两边栽满苹果树的通道，停在了一座花园别墅前。从车上下来，我才看清别墅前的草地上卧着一块石头，刻有"颍河印象博物馆"几个字。一个身材略显肥胖的中年人站在门前的台阶上，见到阮总挥手大喊，老阮！老阮！

　　阮总紧走几步和胖子握手，回头给我们介绍说，这是刘馆长，我当年下放时的农友，现在是著名企业家、收藏家。胖子哈哈笑着，从衬衣兜里掏出名片，递给我和樊露，说，

　　先到我的工作室喝会儿茶，等会儿在黄泛区迎宾馆吃饭。樊露说，刘馆长……胖子面带微笑，眼神入木三分似的看着樊露，说，幸会，你可以叫我刘先生。

　　工作室在博物馆的二楼，陈设的是仿古的红木家具，一张像是用参天古树锯成的大桌案，上面摆着各式茶具，我们围桌而坐。刘先生一边烧水一边找茶叶，问喝老班章还是武夷山肉桂，又从身后的柜子里扯出一条中华烟，撕开封口扔在桌子上，很阔绰很有派头的样子。阮总坐在明式圈椅上，跷着二郎腿，却兀自从裤兜里抠出一支烟来抽，脸上笑眯眯的。阮总对女人比较花心，但抽烟向来专一，几十年只抽玉溪。X市有句俚语：混得次毛，抽个帝豪；混得牛逼，抽个玉溪。阮总倒不是迎合这句俚语而抽玉溪，他是喜欢玉溪的口味。我从衬衣兜里掏出刘先生的名片，方知他叫刘宝印，颍河印象博物馆创始人。樊露面前有个紫檀木座，上面卧着一只玉兽，她就伸手摸了摸，问，这是什么宝贝？刘先生一笑，说，老阮，你还没跟我介绍呢，这位小姐贵姓啊？阮总说，她是我们饭店餐饮部的樊经理。樊露听了，装着恼怒的样子瞪了阮总一眼，嘴巴还气鼓鼓地噘了噘。阮总跟没看见似的，指了指我，这是办公室的……陈主任。我觉得脑子里嗡嗡直响，有点头晕的感觉，到淮河饭店工作以来第一次被人称作陈主任，而且出自饭店总经理之口。当然，我明白这是阮总在外人面前说着玩的。

刘先生的眼神先落在樊露的手上，又无意间瞄向她腰上露出的白肉，说，樊小姐摸的是和田玉貔貅，这是羊脂玉级别的，可用你的玉手跟它比比哪个更细嫩。樊露惊叹道，哇，羊脂玉，很昂贵吧？刘先生洗着茶，淡淡地说，一台宝马吧。我面前有一只青花瓷笔筒，就忍不住指着它问，这个是什么年代的呢？刘先生说，崇祯青花市井人物笔筒，人们都知道康熙青花很牛对不？它是康熙青花的老师。樊露眼睛瞪得圆溜溜的，那它值多少钱呢？刘先生用公道杯将茶水沏进几只茶盏里面，又用茶夹分别推至我们面前，说，可以换台奔驰吧。我们看了看桌案，还有唐三彩骆驼俑、明代宣德香薰炉、清代八臂观音造像、民国龙泉窑的笔洗……樊露装着顿悟的神情点了点头，说，我明白了，刘先生您这张桌子上等于停了十多台奔驰和宝马，对不？刘先生哈哈大笑，不置可否。阮总一直淡淡地笑，时不时看看腕上手表的时间，那是一块迷人的劳力士，像是静静地看着刘宝印装逼，说，厉害啊，自己办个博物馆，每件藏品都价值连城！刘先生端起一盏茶在面前轻轻地摇晃，说，不能跟老阮你比啊，你手里捏一大把小姐，我手里捏的全是这些古董。你玩的是活物，我玩的是静物，真羡慕你啊！阮总嗓子眼一呛，刚入口的茶水差点儿全喷了出来，骂道，你个熊货，瞎掰个啥啊，我这个饭店老总，说白了就是伺候人的！就算如你所说，我也觉得活物是短暂的，而静物是永恒的，所以静物更好。樊露脸上笑嘻嘻的表情慢慢消失，她像是没有听懂刘先生的话似的，入神地看着那只玉貔貅。

刘先生嘿嘿一笑，忽然拍着脑门说，我倒想起来了，老阮，你电话里说李大头的事，是真的吗？现在怎么样了？阮总说，东亚商场改制，他被卷了进去，还没放出来。刘先生叹了口气，说，我真想去看看他，不说别的，烧鸡扒鸭子，给他带几只。阮总摇头道，我都不知他被关在哪里。事儿严重吗？刘先生问。阮总迟疑片刻，说，股权转让的事儿，职工告状比较凶，我到黄河饭店参加个活动，你最好能跟我一块儿去趟省城。说到这儿，阮总声音猛一低，像是不想让我和樊露听见似的，找找当年"沙家浜"的那些老弟兄，能帮多少算多少吧。刘先生沉默不语，重新泡好一壶茶，滗入公道杯。阮总又掏出烟来抽，说，其实我很理解李大头，他有时也身不由己。刘先生把茶壶放下，轻轻拍了拍桌面，说，都是钱财惹的祸，看到没，还是喜欢活物好，静物害人不浅。阮总笑着说，我们好像在谈艺术和人生似的，其实我觉得你对那些艺术品也不一定真喜欢，多半是附庸风雅。刘先生眼睛瞪得溜圆，遭受诬蔑似的脱口而出道，错！我创办这家博物馆，把自己的珍藏品展示出来，是因为信奉独乐乐不如众乐乐，不像你手里捏一大把小姐，喜欢独乐乐。樊露嘴唇紧抿着，像是厌烦刘先生的调侃之语，但不好表现出来，就悄悄放下茶盏，面无表情地起身寻找卫生间。看着她的背影，那黑色短裙紧裹着臀部，走路时略微显得有点紧，刘先生赞叹说，樊小姐真是美人胚子啊，老阮你用人好有眼光咧！阮总用手指着刘先生说，你若当酒店老总，比我坏多了。他说话的时候，脸上有一种自豪的光晕闪过。听刘先生说话的意思，仿佛阮总和樊露有一腿，已是半公开的秘密，而在那种轻狂而放任的氛围里，阮总大概也算是默认，只有我比较迷茫。我和樊露就像面前的两杯茶水，而我对她的了解只是轻掠过水面，还没有浸入水面之下的世界。不管樊露和阮总有没有那些事，我感觉她身边盘绕着一种说不清的危险。刘先生看着阮总有些心神不宁的样子，突然放下茶盏，说，老阮你不会在那个商场入股了吧？阮总先用眼角瞟了我一眼，继而向他做了个暂停的手势。

　　有个年轻人推门进来，手里提着两瓶茅台酒，哈着腰说，刘先生……那边可以了。刘先生站起身来说，我们去吃饭，今晚在隔壁的黄泛区迎宾馆订的全鱼宴，让你们尝尝颍河的特色风味。我压着步子拖在后面，直到看见樊露从卫生间里小碎步跑出来。真要命。她从椅子上抓过自己的坤包低声说，感觉阮总不应该来这儿。我说，夜晚还得住在这里。樊露说，我不会。我看着她，她忽然摇摇头笑起来。

坐进包厢，刘先生让服务员介绍全鱼宴的菜品，鳜鱼、青鱼、鳡鱼、刀鱼、银鱼、鳑鲏……阮总却看着那两瓶茅台酒说，酒就不开了吧，医生让我一个星期只喝一次，本周已经三次了。刘先生说，你把喝酒搞得跟干坏事似的。樊露反驳了一句，我们都不会喝酒。刘先生笑嘻嘻地说，樊小姐，在饭店工作不会喝酒可不行，我可以教你。我站起身想拦住正在开酒的年轻人，说，不要打开！正在拉扯的时候，刘先生说，这酒开过瓶的，喝多少算多少吧。年轻人从茅台酒纸盒里掏出酒瓶，果然轻轻一拧，瓶盖就打开了，里面剩多少酒不得而知。阮总态度含糊不明，脸上荡着微笑。第一杯酒入肚，我的嗓子眼留下火辣辣的一道线。我原本就无法分辨茅台酒的真伪，觉得开过瓶的更加可疑。刘先生像是看出了我的心思，说，我招待客人喝茅台，从来都是开过瓶的，因为我要先尝一下，像鉴定文物一样，确认是真品茅台才行，如果在酒桌上当场打开一瓶赝品茅台，可就丢人啦！樊露脸上带着一本正经又有些不快的神态，时不时转过脸去，端详包厢墙壁上挂的一幅山水画。

4

　　夜宿黄泛区迎宾馆，对我这样的饭店从业人员来说，随便扫几眼就判断出这大约是黄泛区农场的招待所，都是相似的格局和面孔。仿佛有一种职业病，见到同行业的宾馆，我总是忍不住拿它与淮河饭店做比较。它坐落在颍河之畔的一片柳荫之中，偏僻而幽静。我们并排住在临着院子的三间客房，从亮起的灯光看，大概整个宾馆就入住了我们三个客人。洗完澡，我去开窗户，看到樊露脚步匆匆走出宾馆的大门，消失在昏暗的柳荫之中。这无疑有点诡异，我连忙给她发了条短信，你去哪儿？过一会儿，她回复，别担心，有阮总呢！我心想，你晓得什么，我最提心的就是阮总，但这话根本没法说出口。我又发信息过去，你们出去干什么？樊露再没理会我，如同消失了。

　　我躺到床上，可能是傍晚喝的茶太浓，完全没有睡意。我一直忍不住猜测阮总和樊露出去的原因，忍不住浮想联翩。明天还得驱车赶路，我越急于入睡，越觉得浑身不得劲。这几乎是从未有过的事情，老婆罗兰向来说我瞌睡大，躺下就打呼噜，一觉到天明。直到凌晨三点多钟，我手机嘀了一声，睁开眼，是樊露发来的短信，阮总说早上六点我们准时出发，赶到黄河饭店吃早餐。我回复两个字，你们……我故意点了个省略号。樊露很快发来一行字，不是你想的那样。我觉得她说话也真够冒失的，我也没说什么，她就武断地认为自己知道我想说什么。

　　早上六点钟，我准时收拾行李下楼，樊露正在前台办理退房。刘先生竟也在宾馆门口，旁边停着一辆白色丰田，阮总靠在车旁抽烟。我将车子发动以后，没想到阮总和樊露却坐上了刘先生的丰田。刘先生摇下车窗，笑着对我说，陈主任，你跟着我走，这里离黄河饭店不远，踩一脚油门就到了。阮总冲我点了点头，很放心、尽在不言中的样子。我才醒悟刘先生是要跟我们一起走，他真能胡咧咧，一百六十多公里，如何能叫踩一脚油门就到。

　　每到岔路口转弯时，刘先生的丰田车都在前面减速等我一会儿。尽管如此，跟着刘先生的车子也比我自己开车累得多。八点一刻，我们到达黄河饭店。阮总直接去了自助餐厅，让我和樊露去登记房间。樊露见缝插针地对我说，今天阮总让我跟他一块儿出去办事，你待在黄河饭店就好。我问，除了参加黄河饭店的庆祝活动，你们还有其他事吗？樊露说，今天是报到日，庆祝活动在明天。我怔了怔，想问她昨晚出去是不是也与今天要办的事有关，但樊露蹙着眉头，心事重重的样子，我就忍住了。

等我走进自助餐厅，阮总已经吃完早餐，他一边用餐巾纸擦嘴，一边对我说，小陈，今天会来很多全国各地的饭店同行，你可以跟他们互相认识一下。樊露冲我挤挤眼，笑着说，你也可以出去走走，或者看个电影。我故作轻松地说，不出去了，外面对我来说是盲区，我觉得黄河饭店可学习之处很多。刘先生站在阮总身后，听完我的话，冲我竖了个大拇指。

看着他们三人离去的背影，我想起阮总似乎还未与黄河饭店的老总见面，他带我和樊露提前两天从 X 市出发的用意，原来是要留出一天的时间出去办事。大堂里扯满了庆祝的条幅和彩带，还搭建了一个演出舞台，帷幕上绣着十个大字：辉煌四十载，诚信赢天下。但这些好像都被阮总忽略了。我回到房间睡觉，可能是昨夜没睡好，竟一觉睡到了下午三点多，错过了午餐。

　　我吃了房间配的两根香蕉和几颗大枣，挨到下午六点钟，走到宴会厅，那里正在举办欢迎晚宴，每个人按席签就座。我找到自己位置，身边坐着南腔北调的饭店业同行，我一个也不认识，也没心情喝酒，无法融入别人的喧闹。我悄悄退出来，走到自助餐厅里，盛了一碗扬州炒饭，咀嚼着米粒，感觉如同淮河滩上的河沙似的。

　　晚宴结束，舞台上开始表演节目。我寻个角落的位置坐下，心不在焉地观看，时不时看下时间，阮总和樊露他们一整天没有消息。舞台上有个年轻帅哥在唱歌，我爱你，爱着你，就像老鼠爱大米……原本熟悉的歌词，听起来却完全变了味道。我看了看节目单，唱歌的年轻人来自黄河饭店的动力部，就向旁边的女服务员打听动力部是个什么部门。女服务员笑容可掬地回答说是锅炉房。我顿觉无聊，就起身回房间。

　　往床上一趴，快睡着的时候，我给樊露发了条短信，又夜不归宿哈！不知道过了多久，樊露回复信息，你的确有盲区。

5

　　早晨起来，我特意看了看日期，确认是九月八日，黄河饭店成立四十周年庆典活动的正日子，我感觉阮总来参加黄河饭店的庆祝活动只是个由头，并不是他此行的真正目的，这令我对黄河饭店的活动也产生懈怠之感。吃早餐的时候，我在餐厅里见到了阮总和刘先生，还有樊露。他们坐在相邻的两张桌旁，樊露嘴角咬着一根吸管，慢吞吞地吸着一杯柠檬汁似的饮料，脸上的表情有点冷漠。阮总已经吃完早餐，像是专门在餐厅等我。他冲我招招手，我紧走几步过去。阮总先从头到脚看了我一遍，像是看我着装是否得体，然后才说，北洋，我们三个等会儿提前回去，那边有点急事处理……你留在黄河饭店，代表我把活动参加完。我有点发愣，也谈不上吃惊，不过更加印证了我的判断，阮总根本不在意黄河饭店的庆祝活动，也没想过要去会他的一帮饭店同行朋友，他在围绕另外一件事情周旋。我怎么回去？我问了句有点傻的话。阮总说，乘火车，黄河饭店会给你订票。樊露眼睛一直目不斜视地看着餐厅门外，像是在想着我无法捉摸的心事。可能是发现我看她，她突然站起身离开餐厅。

我想起一件事，就问阮总，你们从哪条路线回去？阮总说，从京珠高速上走。我说，不行，你们得从原路返回，我们过颖河时还欠着渡船人十块钱。阮总眉头一皱，摆摆手说，这叫什么事嘛，十块钱有什么要紧的。我小心翼翼地反驳说，要紧的，那个小女孩在等着我们，不能失信于她。刘先生直着眼睛看我，他大概没想到我敢跟阮总辩理。阮总拉下脸说，不是失信，是没有必要为了还那十块钱绕许多冤枉路。我说，这理由好像不成立。阮总狠狠看了我一眼，像是要重新认识我，怔了一会儿，他语气又缓和下来，说，北洋，我们这样想，假如那十块钱对小女孩非常重要，那么我们就必须绕路去还她。假如那十块钱对她来说，并不像你想象的那么重要，尤其是今天这个时代，我们人人都不差十块钱，那么我们就不必绕许多路，大张旗鼓地去找她还钱，是不是这个道理？

我摇了摇头，眼前挥之不去的是那个小女孩闪亮的眼睛，我固执地相信她还在颖河上等待我们返程。阮总也摇了摇头，冲刘先生叹气道，你看我们淮河饭店的年轻人，个个都是死脑筋，还需要好好历练啊！刘先生笑呵呵地说，不然，我看小陈可做你的接班人。

第三章

斗艳

1

　　江思雅在饭店里走路基本不看路，仰脖看着天，如同一只傲娇的大公鸡。她经过办公区的走廊，我不用抬头朝门外看，从高跟鞋啄木地板的声音都能听出是她，那股透着任性和刁蛮的酣畅劲儿，别的服务员学都学不会。但她也有怕的人，远远看见就躲着走，那就是总机房的冯桂兰。饭店总机房一共三个人，工作时间三班倒。冯桂兰是班长，也参与值班。接线员的工作不累，却十分拴人，接班后一刻不能离开，上厕所都恨不得小跑。有一回，一个客人嫌冯桂兰接电话慢了，说，我要向饭店总经理投诉你。冯桂兰说，你去投诉吧，我告诉你他的手机号码。客人反倒疑惑不解，沉默片刻问，你为什么不害怕我投诉？冯桂兰说，因为我跟总经理睡过觉。客人差点被冯桂兰的话噎死，他肯定想不到，这个接线员其

实是总经理夫人。这件事情经冯桂兰自己讲出来，成为淮河
饭店的经典段子，多年后罗兰还记忆犹新。不过冯桂兰也挺
悲哀的，在偏居一隅的总机房值班，相当于被阮总藏在饭店
的死角，和隔离起来没什么两样。阮总闹出的一些事情，她
都像个睁眼瞎。

　　如果和江思雅近距离接触，会发现她并不像看起来那么
高傲，反倒特别好相处，她好像也想放低身段，和我们普通
员工打成一片。只是我们对她有所戒备，不敢在她面前胡言
乱语，她毕竟是阮总的人啊。我们觉得跟她说话，和跟阮总
说话没什么两样。她有时会到我们办公室找樊露玩一会儿，
两人关系好，喜欢斗斗嘴。樊露调到办公室之前干过餐厅领
班，江思雅则是由服务员接替她的职务。那时北京在举办奥
运会，央行发行了一种鸟巢图案的纪念钞。樊露知道江思雅
认识一个银行的部门经理，据说私下里喊人家哥，想托她去
兑换几张。江思雅摇头说，换不到，我跟人家又不熟。樊露
撅着嘴说，不熟怕什么，不熟你就把关系做熟嘛！江思雅说，
哪有你那样的手段，最擅长干这种勾当！樊露就作势过来要
撕她的嘴。梁朝伟和汤唯主演的电影《色戒》正流行，网上
只能看到公映的删节版。我在办公室电脑上安装了电驴，可
以下载到未删节版，场面极度疯狂。江思雅听说后，说她家

的电脑系统崩溃了，让帮她重装一下，顺便安装这个电驴。

为什么当天樊露没有一同去，我已经记不清楚。那无疑是一件荒唐事，我原本应该拒绝，却鬼使神差地答应了，拒绝一个美女并不容易，并且回家之后也没跟罗兰说。江思雅跟我和罗兰是同一个县的老乡，但罗兰向来以此为耻。也说不清什么原因，客房部和餐厅部的人好像天生不和，都觉得饭店的牌子是靠自己部门撑起来。她的家在民主路临街的一幢楼上，一百二三十平方米，家具陈设以白色系为主，没我想象的豪华，却也算清新淡雅。她的台式电脑桌竟然不在书房，或者她根本没有设置书房，而是在卧室里，并且正对着双人床。桃红色的床单，蓬松的靠枕，还有粉色的帐幔，如同某对新人的婚房，令我不敢直视。一想到这是阮总金屋藏娇的地方，我的脑门就不由得沁出细汗，心情一直无法平静，嗓子发干，浑身充满焦灼感，总是担心阮总突然敲门而入。我擅自跑来给江思雅修电脑，摊开说好像没什么，但无疑潜藏着一种不敬和冒犯。然而我又心存侥幸，阮总那么喜欢玩牌，白天回来的概率就非常低。我有一种感觉，江思雅肯定知道我明白她的一切，只是不说不问而已，所以她对我也很坦荡，并不遮掩什么，似乎全靠个人的理解。我相信她也不会把我此行告诉阮总的，这没有任何意义。那天我没做什么亏心事，当把未删节的《色戒》下载好，却感觉自己如同做了一回贼。

江思雅送我出门时，背上了她的双肩包，说，我请你吃饭。我说，不用。她说，我自己也要上街吃，一个人很少做饭。我心想，不用跟我强调一个人，咱也不在意这些，但转念又想，她并无心骗我，阮总确实不可能天天回来跟她一块儿吃饭。像是终于摆脱了某种尴尬窘境，从她家出来，我们俩同时轻松、畅快了许多。她脸上始终荡着淡淡的微笑。街口有家名叫正宗台湾姜母鸭的老店，我们选了个临街的座位，点了份姜母鸭，两碗面。

哥，你喝酒吗？江思雅偏着头，一副可爱状。我有点慌乱，那是她第一次喊我哥，不知是因为老乡的缘故，还是因为看过《色戒》关系就近了一层，令人捉摸不透。我说，偶尔喝一点。她立刻站起身，大长腿斜跨几步就出去了，带有餐厅领班特有的利落劲儿，我来不及阻拦。不一会儿，她竟然拎来两瓶本地产的淮河大曲。我说，你吓死我，两瓶啤酒还行，怎么是白的。她说，我从来不喝啤酒，太涨肚子。我说，这个理由真让人吃惊。她微微一笑，说，真的。她的笑使我酒胆顿生，我觉得作为男人酒量再差，在女人面前也不能装熊。

　　她身材高挑，瓜子脸蛋，明眸皓齿，真的非常漂亮，好像天生自带一种令男人羞愧的气场，如果不是几杯酒下肚我几乎都不敢正眼看她。阮总真有眼光，我禁不住浮想联翩。罗兰在家里时常诋毁她，漂亮有什么用？像只笨鹅。有一次饭店排练舞蹈节目，本以为江思雅可以当领舞，可是她身材虽然很好，但肢体的每一个关节都非常硬，动作做出来僵化、死板，就算将她放在后排角落依然刺眼，请来的舞蹈老师就将她淘汰了。等她离去后，舞蹈老师说，漂亮有什么用？像只笨鹅。这句话被迅速传开，罗兰在家里说起来就开心不已。

　　哥，你喜欢哪里？中国哪个城市？江思雅额前的刘海有点散乱，但乱有乱的美。她说的是普通话，几乎没有一丁点家乡腔，这令我汗颜。我的家乡口音浓重，动辄被素不相识的听出是哪里的人，像狐狸尾巴被人踩住。我说，我喜欢有水的城市，上海、南京、武汉。她用喝啤酒的玻璃杯喝白酒，一仰脖就吞一大口，我只敢小口地抿。她摇了摇头，说，你去过威海吗？我说，没有。她说，我喜欢威海。我说，海滨城市很多，为什么是威海呢？她拨弄一下额前的刘海，说，我真想一个人去威海，逃得远远的。她很少吃东西，一直在喝酒。我怕她喝醉，或者继续说些不着边际的话，就给她盛了碗鸭汤。

　　她忽然捶着自己的脑袋说，哥，你说我是不是很傻？虽然我知道她的困境，却只能假装什么都不知道，想了想说，你现在挺好。骗我！她一下子抓住我的手，说，哥，你能帮我叠一个人吗？我瞬间呆住，叠一个人是我们老家的土话，意思是暴打一个人，最好将其腿打折。我说，你喝醉了。她说，你帮我叠一个人，我肯定会感谢你。我虽然也喝不少，却觉得不能再待下去了，就起身要埋单。她慌忙站起来，去背包里掏钱包，"啪"的一声，一台数码相机从背包里掉落在地上。

2

　　淮河饭店是隶属于 X 市政府的一家老牌饭店，在全市酒店行业中向来存有天然的优越感，因为饭店是事业单位。许多女服务员，刚进来时做临时工，如果有点姿色，比较能干，加上运气好的话，干几年就可能转为正式工，从而捞得一个铁饭碗。当然，这还需要各动各的脑筋。近些年本市新崛起了碧海、龙凤、帝坤、沁园春和滨湖假日等几家星级宾馆，使得淮河饭店的效益越来越惨，但饭店的人骨子里仍然瞧不起他们，毕竟是私企，朝不保夕。

　　第二天早上，我拎着打包的早餐赶到办公室，刚坐下喝口豆浆，樊露匆匆推开门，一放下挎包，她就表情严肃地问我，江思雅昨晚不是跟你一起喝的酒吧？我的心怦怦直跳，答非所问地说，发生了啥事？她朝门外瞟了瞟，过去把门虚掩住，低声说，发生了一件大事，折腾得我一夜没睡。我预感不妙，说，是江思雅？樊露瞪着眼睛看了看我，眼神里充满深意，说，她昨晚喝醉了，跑到帝坤大酒店踹房间门，又哭又闹，阮总逼得没办法，给我打的电话。她好像故意把话不说完，等待着我回答前面的问题。我的心跳到嗓子眼，只得如实说，昨天修了电脑，江思雅请我吃了碗面，她自己……喝了一点酒。樊露一边泡茶，一边点头说，我猜都猜得出来，喝了酒之后，你为什么不管人家？我有点哭笑不得，心想我能咋管，我敢管她吗？江思雅也真是精透了，你知道她跑到帝坤干啥吗？樊露诡笑着问。我不置可否，多半是些乌七八糟的事情，我平时虽听到一些关于她的流言蜚语，却从不插嘴谈论。

樊露喝了口茶，将茶杯往桌上一蹾，说，她拿着照相机，去踹阮总在帝坤开的房间，将白雪堵在了里面，想拍人家的裸照，你说阮总若知道是你跟江思雅一块儿喝的酒，会怎样剐你？我脑袋嗡嗡直响，天地做证，江思雅昨晚筹划的行动我事先毫不知情，不然肯定会阻拦她，我可不想惹事。

是客房部的白雪？我故作惊诧。樊露撇着嘴说，不是她还能是谁，三十多岁了还不找个人嫁出去，跟阮总纠缠得紧！我大声问，江思雅去捉奸？樊露竖起食指在嘴边嘘了一声，警惕地朝门外看了看。桌上的水煎包我一个也吃不下，起身看了看门外，对门阮总办公室铁门紧闭，不知他是没有回来还是在里面睡觉，令我惴惴难安。跟阮总相好的女服务员很多，但一般转正之后都会断了联系，然后华丽转身装清高淑女，只有江思雅和白雪一直与阮总纠缠不清，不仅全饭店的人知道，连总机房的冯桂兰也最恨她们两个，喜欢骂她们小妖一对。罗兰在家里喜欢谈论这些八卦绯闻，我很少认真去打听，没想到现在如此真切地摆在眼前。

江思雅不会把昨晚跟我一起吃饭的事情说出来吧？我傻傻地问。樊露立刻明白我的担心，扑哧一笑，摆着手说，不会，不会。那江思雅拍到啥照片没有？我按捺不住好奇心。樊露笑着一拍桌子，还拍照片呢，相机都让阮总摔了，在帝坤的走廊碎一地！噢。我心里竟然有一丝淡淡的失望。樊露揶揄道，咋，你还想看啊！我说，如果有的话，谁能不想看。

饭店里长得漂亮的服务员经常被客人搭讪，白雪在客房部当服务员，给一个广东客人开门，那个客人盯着她看了许久，问，姑娘你叫什么名字？她回答，白雪。客人想了想，又问，可是艺名？旁边的服务员都掩面而笑，"艺名白雪"的名声不胫而走。她跟罗兰玩得好，每次到了吃饭的点，罗兰在总服务台值班，都是白雪帮她去餐厅打饭。我不得不佩服阮总的审美，白雪眼睛细细的，几乎眯得只剩一道细缝，鼻梁高挺，脸形瘦削，嘴唇绷出一道弧线，她是那种乍一看很不咋的，细看却很性感的女人，和江思雅分属两种完全不同的美。白雪的美很另类，很野性。当然，这话我是不敢跟罗兰说的。

有一次白雪到我家里玩，罗兰跟她在厨房做饭。白雪蹲在地上剥葱，我帮忙切了几棵葱头。过会儿罗兰就悄悄出来问我一句，你觉得白雪长得怎么样？我说，可以。罗兰戳了下我的脑门，脸色立刻冷下来，压低声调气狠狠地说，是个女的，你都觉得长得好！我觉得女人真是奇怪，那天吃饭的时候，她俩有说有笑，罗兰却一次正眼都没瞧过我。后来我长了记性，凡是罗兰认识的女人，哪怕是她最好的闺蜜，我一律说长得一般，准没错。也不能说难看或者很丑，那样她会说我虚伪。

那晚白雪走后，罗兰躺在床上忽然发神经，想给白雪介绍男朋友，掰着手指思来想去，她想将白雪介绍给我妹夫的哥哥大黑。他在郑州一家园艺公司搞设计，一年挣二十多万，刚刚被一个福建女孩骗得精光。据说女孩家要装修房子，邀请他倒插门，他将钱汇过去，女孩却说父母反对这桩婚事，在家里喝了农药，所以婚姻的事休要再提，万万不能成。我坚决反对她的想法，这不是找顶绿帽子让人家戴吗？我妹夫将来知道了，不得将肺气炸。罗兰在被子里踹我一脚，说，好歹白雪是饭店的正式工，不比大黑在城里漂泊着强？就当白雪离过婚，不行吗？我说，不行，这和离婚不一样，我觉得当小三比离婚还难听些。罗兰嗔笑说，白雪是小四，可不是小三，小三是你老乡！我问，谁？罗兰眼一瞪，没好气地说，姓江的，你还能不知道是谁？

3

　　我感觉樊露是故意放出那晚江思雅捉奸的消息，或者江思雅授意她说出来，目的是将白雪的名声搞臭。毕竟她跟江思雅都是餐厅出来的，两人玩得又好。但细想一下，此举实在得不偿失。江思雅去捉奸，难道对自己名声没有损害？你以什么身份去捉人家？岂不知那是一把双刃剑。如果说之前江思雅还给我留有美好印象的话，那晚她去帝坤大酒店的踹门行动将她的形象在我心中彻底摧毁。她还跟我说想到威海去，逃得远远的，再听来像个笑话。我不希望她再喊我哥，令我有种羞耻感。那件事情在淮河饭店传开后，人人脸上似乎都流淌着坏坏的笑。

　　我问罗兰，你说江思雅和白雪是不是傻？她俩就确信阮总会离婚？冯桂兰看着老实，这种人往往都是偏性子，她恐怕到死也不会答应同阮总离的。罗兰说，冯桂兰当然不会离的。我说，那就是了，你就劝白雪赶快放手，不是已经转正了吗，再跟老阮纠缠，也不会有个好结果。罗兰像是早已了然一切，她平静地说，我也劝过她，可她听不进去，再说你也不会理解她的想法。我说，女人心，海底针，不知是真糊涂还是难得糊涂。罗兰嘿嘿一笑，反问我，老阮这些年回过家吗？我不知她的话何意，说，没有啊，他恐怕二十年来都夜不归宿吧，以饭店为家。对呀！罗兰说，老阮跟冯桂兰虽是夫妻关系，却不是同床共枕的关系，白雪说她不在乎打结婚证的形式，只要没有江思雅那个死小三缠着老阮就好。我心里猛地一片豁亮，想起江思雅那晚跟我说帮她叠一个人，她想叠的一定是白雪，最好将白雪的腿叠折！

　　淮河饭店的效益越来越差，每月工资都很难开支，上面放出口风，要对饭店进行改制，每个人买断工龄回家，人人都感到了大厦将倾的危机。就在我们以为江思雅捉奸的事要消停的时候，白雪又闹了我们想不到的一出。午夜十二点多，我正在家里睡觉，被罗兰的电话吵醒，她在总服务台值夜班，像是压抑着巨大的兴奋，匆匆说，饭店出事了！我糊里糊涂的，以为饭店失火，吓得心惊肉跳。怎么回事？我急切地问。电话线路不畅，罗兰时断时续地说，今晚白雪……跑到三号

楼508套房去……捉奸！我坐起身，睡意顿消，捉谁？电话
那边没了声响，罗兰像是离开了似的，过了许久，她又刺刺
啦啦地说，捉老阮和江思雅，他俩今晚在508开房……挂了
电话，我心里隐隐觉得不妙，凭着我对罗兰的了解，说不定
此事和她有关。因为阮总在饭店开房间的情况，罗兰在总服
务台掌握最清楚，508这个房间号极有可能是她透露给白雪
的，这无异于在玩火啊！我不敢给罗兰打电话，因为总服务
台还有旁人值班，怕她接电话不便，我给她手机发了条信息，
你千万别参与！罗兰回复，知道，白雪说富贵险中求，她今
晚要将江思雅的脸撕烂！我又重复发一遍，你千万别参与！
罗兰没有再理我。

　　那夜很难再入睡。第二天早晨我在街头早餐店点了份馄
饨，又吃了一份水煎包，才慢吞吞赶到饭店。一进办公室，
樊露脸上带着笑意，说，昨晚饭店又上演一台好戏。我故意
装着浑然不知，说，饭店都快关门了，还能有啥好戏！樊露
捶着桌面说，打死你都想象不到的事。我平静地烧水、泡茶，
控制着自己不要太激动，心里想，你都忘记了我老婆在总服
务台值班，怎么能想象不到。

　　不过，樊露说出的话，差点令我将茶杯摔掉在地上。她
说，白雪昨晚喊饭店值勤的保安，说508的客人非礼她，让

保安去处理。你猜怎么着？我心想白雪也真是聪明，这理由编得可真到位。樊露又一拍桌子，笑得浑身乱颤，保安砸开508 房的门，是阮总叫了个发廊的小姐，正在床上按摩。

我脑袋一炸，罗兰说房间里是江思雅，怎么成了发廊的小姐，这里面一定是出了岔头。我问，结果怎样？阮总怎么说？樊露跳起来连连跺脚，说，还能怎样，阮总抄起皮带，一下抽过去，将白雪的门牙打掉一颗，血流一地，真是报应，哈哈！我说，保安呢？樊露杏眼一瞪，抱头鼠窜！

我一个字也没敢提江思雅，樊露也没说。我不清楚她会不会推测到白雪想捉的其实是阮总和江思雅，根本不是那个发廊的小姐，或者阮总也能推测得到，但结果如此出人意料，也是阴差阳错。中午下班回家，罗兰躺在床上补觉，饭都没有做。我虽然猜到罗兰可能参与了报信，却不好点破她。事已至此，多说无益。她一直是白雪的支持者，可能她也想杀杀江思雅的锐气，顺便看一场针尖对麦芒的好戏，现在不知她作何感想。我觉得白雪真傻，江思雅去帝坤大酒店捉奸，不是相当于自曝和阮总是情人关系吗？为什么白雪还要反过来去捉她一下呢？难道是为了让保安看捉奸的好戏吗？冰箱里有冻水饺，我煮好端到床头，喊她起来吃，她爱答不理的，用被子蒙着头，半天才说，我腰疼，不吃了。我知道罗兰的

脾性，她说啥是啥，很难拗得过，就没有再劝。那碗饺子在
她床头放冷，我去端走时，问她一句，不是说白雪捉江思雅
吗？怎么成了发廊的小姐？罗兰掀开被子，头发散乱，真的
像是要病倒似的，有气无力地说，搞不清楚，大概那个小姐
跟江思雅长得很像吧！

4

江思雅终于先放弃与白雪的争斗，她宣布要结婚了。我问樊露男的是谁？樊露说，还能有谁？她在银行认识的那个哥呗！我总喜欢问傻话，脱口而出道，那男的知道她的事情吗？樊露好像并不太热心这个话题，语气平淡地说，男的离过婚，还带个八岁的男孩。我有点落寞，这既在意料之外，又在情理之中。

婚礼前夕的一天，樊露忽然对我说，你妹请你帮个忙。我说，什么事？樊露说，婚礼的时候要播放一段 VCR，录制她亲朋好友的祝福，想请你说几句话。我心里立刻迸发出羞耻感，说，我说不好。樊露说，你肯定可以，平时口才那么好。我说，真的不行。樊露叹了口气，说，你知道那男的叫什么名字吗？我摇摇头，从来没想过这个问题。樊露眨着眼睛说，男的叫江思聪。我惊叫道，这怎么可以，江思聪娶江思雅，听上去像一对兄妹！樊露若有所思地说，所以江思雅准备改回原名，她本来叫江妮旦，到饭店之后嫌名字太土气，据说还是阮总给改的。我陷入无语。

下班的时候，我刚走下楼梯，江思雅拦在拐角处，她跷起一条长腿，高腿鞋搭在铁栏杆上，斜着眼睛看我，像是充满了愠怒，说，哥。我有点羞愧，说，怎么了？她说，说几句话，这也算为难你？我连连摆手，从她身后侧着挤过去，说，真的不行，我看到摄像镜头两腿发软。她冷笑道，腿软？你自己信吗？我连连摆手，逃避似的走开。

她身形僵硬地站在那里，瘦削而可怜。我想起那个舞蹈老师说的话，实在太难听，而且不准确，她那么瘦，怎么会像只笨鹅呢！她没有回头，像发愣，又像在悲伤。我觉得自己太残酷，枉费她一直喊我哥。

更残酷的是，她的婚礼我也借故缺席了，因为罗兰勒令我不许参加。

第四章

美人

1

　　办公区走廊的尽头，拐个弯有间电工房，旁边是厕所，有时如厕之后，我会到电工房遛一圈，抽支烟，喷喷闲嗑。电工房有两个青工，一个是福建人，叫沈小吉，跟随他师傅来到 X 市闯荡，被我们起个绰号叫"小蛮子"。另一个叫刘书青，淮河饭店扩建时的拆迁户，家里祖产被征用，他作为特殊安置对象由淮河饭店招工，一进来就是正式工。电工房也是饭店的维修室，各种电器设备坏掉了，电视机黑屏，空调不制冷，甚至马桶漏水，都由他俩负责维修。刘书青又黑又瘦，像根干柴棍一样，戴着个眼镜，看上去很文弱，他对电器维修几乎无所不通，唯有一样他修不了，就是电脑。用他的话说，看见显示屏上蹦蹦跳跳的字母就头蒙。而修电脑恰恰是小蛮子的专长，可能是为了显摆自己的本事，他用的电脑不要主机箱，直接将主板钉在破旧的工作台上，每次开机，他就操起一根细线，往主板边缘的接线柱上一插，电脑屏幕立刻"嘀"的一声开始闪烁。就凭这一点，我感觉小蛮子虽是临时工，技术上却压过刘书青一头。这么说吧，刘书青干的活儿多，领导却不太知道，而小蛮子干的活儿虽少，但人特别机灵，总能出彩儿。

我有一台山花牌电唱机，唱头开裂了一道缝，就用铜丝缠了几圈，再播放唱片时却跑音，邓丽君那美妙动听的歌声，"绿草苍苍——白雾茫茫——"，如同喝醉了酒。我抱着电唱机去维修室，问他俩是何缘故。刘书青说，得换个唱头，不过现在这老古董也不好买配件啊？他看了看旁边的小蛮子。他俩每人一张工作台，桌角放着一盏可拉伸的台灯，总是手持电烙铁凑到台灯下对着线路板戳戳杵杵。小蛮子抬头笑了笑，白牙一闪，说，唱头不可以用铜丝缠。我疑惑不解，为什么？在外壳上缠一下，又没破坏里面。小蛮子说，你在唱头上缠几圈铜丝，压力虽然不大，但落在细尖尖的唱针上，压强就会成倍增大，不跑调才怪。日！我瞬间明白了，羞愧不已，我可是正牌的大学生啊，但脑子比不上小蛮子这样一个青工。见我吐出脏字，刘书青冲我"嘘"了一下，示意身后有人。

　　我回过头，才发现门旁边的破藤椅上坐着个女的，穿着带毛领的羽绒服，两侧的绒毛衬得她的脸蛋非常美。不对，她本来就美。我们淮河饭店阮总有很多相好，最漂亮的当数餐厅领班江思雅，但我觉得江思雅跟她比还差一截。江思雅仅仅是美得标致，而她的美，令人头晕，想要窒息。奇怪的是，她像是刚刚哭过，她的眼睛大不说，眼白还多，眼珠一转显得妖媚而俏丽。她好像是故意木着脸，脸颊上还有泪痕。我说，哇，美女，这是咋的啦？女的不吭声，却掏出纸巾一下子蒙住脸，将头埋在腿上，露出粉嫩的脖颈。刘书青叹气说，还能咋的，嫌本色的工作时间晚呗，每天都凌晨两三点才下班。我有点摸不着头脑，问，这位是……小蛮子冲我努努嘴，说，刘书青家的。我震惊不已，看了看刘书青，其貌不扬的他，骨瘦如柴的他，竟然讨得这么美若天仙的老婆，令人不可思议。那大概是最冷的凛冬，电工房里没有暖气，靠烧煤炉取暖。煤炉口沿装个"L"形铝皮烟囱伸出窗外，铝皮外面缠裹着报纸，手贴上去很温暖。我双手搓着烟囱，觉得气氛有点尴尬，就说，咋不开心，刘书青欺负你啦？不说话还好，我一问，那女的忽然站起身，抓过旁边的一只红色挎包，捂着脸就冲出电工房。

　　小蛮子冲刘书青说，曹蓉跑走了，你还不追出去看看。

刘书青头也没回，淡然地说，她去上班，我追她干啥。我说，好汉没好妻，赖汉娶个娇滴滴，刘书青你真厉害。他摇了摇头，掏出烟来抽。我问，你老婆叫曹蓉？她在本色做什么工作？刘书青说，进门的存包处，她负责给客人存包，所以下班走得最晚。噢。我没再说什么，比我想象的好一点。

　　X市有四大夜总会，本色、后宫、滚石和魅力四射，本色是规模最大的一家，它原来是工农兵电影院。我去玩过几次，露骨艳舞，震天嘶吼，出来以后有一种头重脚轻、重返人间的感觉，就再没去了。在夜总会里挣钱，好比沙滩上拾贝，不小心总会打湿鞋子，我不知道刘书青会不会有一些不好的联想。透过玻璃窗，可以看到外面飘起了雪花。白天下过一阵雪粒，到了傍晚时分终于变成了大雪。我抱着电唱机离开时，忍不住问刘书青，曹蓉凌晨才下班，你放心吗？他故作轻松地说，这天下雪了，我就去接她呗。我说，为什么不换个工作？刘书青立刻来了精神，说，陈主任，你有路子吗？我说，最起码不能干刀口舔血的事。

　　刘书青立刻明白我的意思，他没吭声，但脸色很难看。

2

　　淮河饭店扒掉一、二号旧楼，重建一幢十九层的新楼。阮总说必须是十九层，十八层是地狱。名字都起好了，准备改名叫淮河国际大酒店。但新楼框架刚起来，资金链断裂。阮总四处借债，搞一笔钱，干两个月，然后歇工，再忽悠来一笔，又干几十天停摆。如同用柴火烧一大锅水，柴火准备不足，水温刚烧至六七十度，断火了，锅开始凉，等上山砍来柴火，又得从三四十度开始烧。如此反复，拖累得淮河饭店的经营每况愈下。不仅职工的养老保险费缴不起，连基本工资也打折开支。饭店就将临时工全部辞退，哄他们说等新楼盖好再回来。只保留正式工，靠三号楼不到一百间客房的收入苟延残喘。上面放出话来，要对饭店进行"改制"。消息像浪花一样，一波一波向外扩散。

那一段时间罗兰的情绪很糟，跟随一小撮职工去市政府上访，我觉得是自取其辱，劝她别去她不听。上访几次毫无结果，但她搞清楚了改制的意思，就是将淮河饭店的单位性质由事业改为企业，然后给职工买断工龄下岗。我是饭店的班子成员，据说会另行安排工作，她是客房部的副经理，算是中层人员，自然在下岗之列。她愁眉紧锁，坐在餐桌旁翻看一些报纸上的招聘信息，常常忘记做饭，端起水杯喝水时总是走神，时不时一口水就喝呛住了。我在家里走动都小心翼翼的，生怕惹到她。她像一条河豚鱼，一触就肚皮鼓得很大。

一天夜里，刘书青忽然来找我，畏畏缩缩地站在门口，探出脖子朝我家客厅瞟了瞟，低声问，罗兰在家吗？我回头看了看，说，在，咋的？他摆摆手，说，你出来，我有事情要跟你说。罗兰这时已看到他，说，书青，你怎么来啦？我说，有事进来说。他欲言又止，痛苦万分，最后一咬牙走进客厅。我给他泡茶，他不喝，兀自掏出烟来抽。他不知道罗兰最烦闻烟味，我都不敢在家里抽烟，所以茶几上也没有烟灰缸。他苦着脸说，陈主任，你在市里交际广，认识有法院的人吗？我摸不着头脑，问他，打官司吗？你也不是爱惹事的人啊！刘书青低头不响，闷了半天，抬眼看了看罗兰，又沉默不语。罗兰见状，就识趣地走进卧室。他这才说，曹蓉和我离婚了。

我耳边如炸响一记闷雷，此前一直觉得刘书青艳福不浅，老婆漂亮得不可思议，也隐隐替他感到不安，没想到还是走到这一步。我脱口说，这么好的婚姻，为什么不好好珍惜？他平静地说，曹蓉不是个好女人……我打断他的话，她是个好女人，关键是你缺乏对她的统治力。刘书青先是摇摇头，接着又点点头，不置可否的样子，最后吞吞吐吐地说，你不、不了解她……我一拍茶几，说，若是我，打也得把她打服了，看她怎么敢乍刺！刘书青嘴角嚅动几下，很吃惊似的看了我一眼，想说什么，终于还是闭嘴没说。

阳阳爸爸。罗兰忽然拉开门缝喊了一句。阳阳是我们的儿子，每当她这样叫我的时候，都是要说一些严肃的话题。你怎么跟书青说话呢？我回头看看她，河豚鱼的肚子好像马上就要鼓起来，连忙赔着笑脸说，好好，没你事儿，你睡觉，我们好好聊聊。

罗兰这一插嘴，刘书青更加难堪，又掏出烟来抽，我找只茶杯给他当烟灰缸。你们闹离婚闹多久了？我耐心地问。他说，离婚三个月了。我顿时气不打一处来，说，都离过婚了，你还找法院有个毛用？恢复你们的婚姻关系？咋想的你！

刘书青说，不是想复婚，这女人我肯定不要了。我心想，你不要，我想要啊，可惜不能。

她、她又到法院把我、告了，要求把儿子判给她……抚养。刘书青吞吞吐吐地说。我问，离婚时咋说的？刘书青万分无辜的样子，说，离婚时儿子判给了我，当时她完全同意的。我越听越着急，那她为什么现在反悔了？刘书青想了想说，因为她的卵巢切掉了一个，已经再婚，一直未能怀孕。我说，那她现在的丈夫能同意吗？刘书青点头说，同意，有一个小孩，就算不是亲生的，也比没有强吧！我很替他不平，又一拍茶几说，当初离婚已经约定儿子归你抚养，现在岂是她说夺就能夺回的吗？不是有判决书吗？刘书青眼睛闪闪发亮，像给我讲述大道理似的说，法律规定离婚时没有取得子女抚养权的一方，可以根据实际情形追诉要求重获抚养权，所以理论上曹蓉随时可以向我要回儿子。

我一愣，这个倒真没听说过，狐疑地问，凭啥？他低下头，喃喃自语似的说，就凭我在淮河饭店要下岗，她起诉书中说我没有抚养儿子的能力，这符合法律规定。我陷入无语，既恨其不争，却也无能为力，法律条文他都吃透了，我能怎么办？你是想让法院驳回曹蓉的起诉，把儿子留给你，是吧？我问。刘书青连连点头，如瘦鸡啄米，是，就是这意思。我心想，事情哪有那么简单，淮河饭店的几桩法律纠纷我都参与过，饭店一点便宜没捞着。我突然心里冒坏，问他，曹蓉的卵巢怎么切掉一个？是不是在本色里乱搞导致的？刘书青脸一红，摇头说，我不知道。

阳阳爸爸。罗兰猛地将卧室门一推，旋风般地蹿了出来，指着我的鼻子说，你说话要点脸不？我讪笑道，没别的意思，随便聊聊嘛，曹蓉实在过分。她再过分你也不能这样说人家，做人要嘴下留德。罗兰教训我一通，又对刘书青说，离了也好，曹蓉我见过，大眼睛，大长腿，一看你就 hold 不住她，那根本就不是过日子的人。刘书青尴尬地笑笑，说，是，是。说着就要起身离开，走到门口又叮嘱我一句，陈主任，我就拜托你了。

我拍了拍他瘦弱的肩膀，以示安慰，又悄悄问他，曹蓉找的男人是干啥的？刘书青说，他是本色的 DJ。我想了想说，不是啥好鸟。

3

　　我认为刘书青不会办事，他空着两手来找我，这没有关系，我们是同事，理应帮忙。但让我去找法官，甚至连个许诺也没有，办事求人，能空嘴说白话吗？我根本无法张口。话说回来，我又觉得他有点可怜。阮总有一句口头禅，可怜之人必有可恨之处。不知道他是否晓得这句话，应该反思之。

　　我把这事儿跟阮总说了一下，他经常跟法院一个副院长打牌，希望他在牌桌上帮忙打个招呼。幸亏阮总喜欢打牌，我们办公室的人偶尔遇到假钞，又没勇气拿出去花，就找阮总换真钞，因为他可以把假钞混进成捆的真钞里面，反正牌桌上哗哗哗只查张数，谁又不会一张张地验真假。连搞几次这事儿，阮总就不高兴了，他认为把假钞给他，包含一种心理暗示，他可能输钱。他希望自己根本不用掏钱，揭牌就一直赢，要假钞干什么？有一次，他在外面没钱了，让司机给他送一万块钱，交给他的时候司机多了句嘴，够吗？他连连摆手。等他回到办公室，怒发冲冠，当着我们的面将司机痛骂一顿，说，给我送钱还问够吗？导致我一万块钱输得干干净净！你应该说多赢点，怎么能问"够吗"？奶奶的腿，烂乌鸦嘴！我们都窃笑不已。话说阮总人真是好，听我说罢刘书青的悲惨遭遇，满口答应问问他的事情。

大约半年后，上面给饭店成立了改制组，饭店也彻底停业。因为营业就意味赔钱，赚的钱水电费都裹不住，停业还少赔一点。所有职工都要签订买断身份协议，这项工作分了很多个小组，策略是对职工分组包围，逐个瓦解。我被分配了三个名额，也就是负责说服三名职工签订《职工安置协议书》，我选了刘书青，觉得他比较好说话。想起他前妻曹蓉争夺儿子抚养权的事情，他后来没有追问，我也不知啥结果，想起来真有点惭愧。

他家在旧城改造的安置区，那天傍晚我带着安置协议去找他，安置区的环境真是脏乱差透顶，他住的那幢楼下面竟然被人种上了一丛甘蔗，甘蔗林旁边到处污水横流，令人作呕。楼梯更为奇怪，上二楼不用拐弯的，像商场的扶梯似的，直接一个长坡走到头，也没有台阶，小孩子当滑梯倒不错。

　　我敲门很久，刘书青才闪出身影，像是蒙头睡了一整天。陈主任？他揉着眼睛，吃惊不已。我说，在睡大觉？他嘿嘿一笑，说，昨晚值了夜班。进屋坐下，我将带的一包徐福记点心放在桌上，说，带给孩子吃的。他摇摇头说，我没儿子啦，打输了官司，儿子被曹蓉争去啦！我心里一沉，没想到事情发展得这么快，愣了半晌，问他，咋搞的？我让阮总跟法院的人打了招呼，也不管用？刘书青手一摊说，没办法，我的生活条件的确不如她，她两口一个月工资七八千，我只有饭店发的一千多文，儿子跟着我也是遭罪。

　　我没好气地说，什么她两口，那是奸夫，是姘头，是一对狗男女，你呀！刘书青微微一笑，不以为意的样子。我看他想得挺开，心里稍微好受一点，可是到底意难平。没事儿，我每两周可以把儿子接回来住一天，我们约定好了。刘书青反倒安慰我似的说，你坐一会儿，我下去办点事，马上就回来。

　　他的房子格局非常逼仄，一个狭长的客厅，足有十多米长，却只有两米多宽，靠里面隔了一间小小的卧室，一室一厅，咋看咋别扭。客厅没有沙发，几张木椅围着个玻璃茶几，椅子还是淮河饭店淘汰的，上面喷着"市招"两个字。我心里感叹，难怪曹蓉会跑，人家长得那么漂亮，就算换作姿色平平的罗兰，这日子怕也过不下去啊。

刘书青竟然下楼买了几道小菜，卤猪耳朵、炸花生米和凉拌千张，还有两瓶酒，一瓶牛栏山二锅头，一瓶劲酒，说，你轻易不来，我们喝两杯，你喝劲酒。看来他知道我酒量有限，还真贴心。他将卤猪耳朵和凉拌千张推到我面前，自己只吃炸花生米，上来就自己喝了一大杯二锅头，约有二两，看样子是想喝完那一瓶来陪我的劲酒。

我说，你人长得干瘦，酒量倒挺大。他笑着说，别的比不上你，喝酒比你强一丁点。我说，你刚才说昨天值夜班，现在在哪儿上班？他掏出烟来抽，说，还干老本行，在沃尔玛超市当电工。我知道火车站广场新开了一家沃尔玛，罗兰最喜欢去逛，我嫌停车不方便，一次都没去过。待遇不错吧？我问。他微微一笑，嘴角叼着烟，说，比在淮河饭店强一点，也好不到哪儿去，不过我一个人过，够了。我说，有合适的，再找一个。他手一挥，说，女人没好东西，我这样挺好。我笑着说，眼前你这样想，只怕时间长了，你还是得找个女人。他闷声不响。

我想起此行的任务，要说服他在安置协议上签字，就得把话题往协议上引，问他，你离婚是签的协议还是判决书？我看看，到底是咋输的？他想都没想，走到床边将床垫一掀，从下面抄起几页纸，递给我。在他掀开床垫的瞬间，我看到下面藏有几千块钱。我说，你的钱就这样放啊？他哈哈一笑，几杯酒下肚，黑瘦的脸上放油光，说，我所有的家当都在床垫下面，理论上说，最危险的地方也是最安全的地方。

我瞄了瞄他递给我的几页纸，是一份法院判决书的复印件，陡然发现原告曹蓉下面写着另外一个名字"沈小吉"，我心里一动，觉得这个名字很熟悉，脱口念出，沈——小——吉……这是哪个沈小吉？刘书青喷口烟雾说，还能是哪个？福建的小蛮子呗！我的心怦怦乱跳，霍地站起来，质问他，就是你们电工房的小蛮子？怎么能是他啊！刘书青低声说，我也觉得不可能，但事实如此，他被淮河饭店辞退以后，跑到本色夜总会干 DJ，不知啥时候就和曹蓉好上了。

你老是说 DJ、DJ，我以为是何方神圣，原来是那个杂种羔子！我一拳砸在茶几上，盛卤猪耳朵的盘子差点被我震翻了。刘书青连忙伸手扶住盘子，动作敏捷，令人又生气又好笑。我愤然说，刘书青，这事儿你也能忍？还是男人吗？他用手捏起几颗花生米放进嘴里，刺溜又喝一大口酒，说，这都是命，我有啥办法。我说，命不是天定的，要和命运搏斗，要相信命是可以改变的，你太容易服软！太容易投降！刘书青沉默不语，有些发呆。

　　我站起身，在狭窄的客厅里来回踱步，恨铁不成钢地说，你关键是身上缺少杀气，缺少男人该有的气场，若是我，得把沈小吉的腿打断，得骗了他个狗日的！刘书青一下子哭了起来，他的嗓音很尖，像个娘儿们，哽咽着说，好歹我、我有个儿子，得为、为儿子着想，父母都不在了，我若出了事，儿子可、可咋办？托给谁啊？他这一哭，鼻涕眼泪一块儿流了出来，我也没招了。是啊，嘴上逞英雄容易，真豁出去杀沈小吉，何尝不是犯傻？

　　我喝完那瓶劲酒，刘书青的牛栏山二锅头也快见底了，我怕他等会儿醉得不省人事，就掏出《职工安置协议书》，向他介绍饭店改制安置的政策，刚说了个开头，他就提笔签了字，爽快得令我意外。过后想想，如果不是喝高了，我真没勇气给他看协议，那种情形下跟他谈买断身份的事，无异于往他伤口上撒盐，真不是人干的事啊！

　　离开他家时，刘书青执意要送我到楼下，走在那丛甘蔗林旁，他忽然用异样的声音说，陈主任，你把我当兄弟，有件事我想告诉你，事到如今我也不怕你知道。我说，什么？月亮之下，他的腿瘦如两根甘蔗，牙齿倒显得很白，忽闪忽闪的，只听见他的声音，看不清楚脸上的表情，我跟你说曹蓉不是个好女人，你一直不信，是因为你不了解她的过去……她以前是淮河饭店的服务员，和阮总好过，闹着要去纪委告阮总，又要投淮河自杀，阮总让我和她结婚，答应给我转正……你能懂我的心吗？

黑夜之中我听得背后直冒凉气，浑身一颤。

4

第二年春天，我陪阳阳去沃尔玛玩攀岩。商场大厅里立着几根蓝黄相间的铁架，上面焊有许多小圆环，入场的孩子身后绑着安全绳，抓住小圆环往上攀，下面有张网接着，以防万一。身手敏捷的孩子，两分钟就攀到了顶，一松绳，唰地飘下来，收费五十元。明摆着哄钱的玩意儿，孩子们叽哇乱叫，只要看到了，几乎都吵着要玩。我正在感叹商家赚钱有术，忽然有人碰了碰我。我回头一看，是刘书青，龇着牙站在身后，旁边一个小男孩，有六七岁。

刘书青拍拍小男孩的头说，喊陈叔叔。男孩笑笑，嘴却抿得死死的。我说，这是你儿子啊？真帅，大眼睛像他妈。说完我就后悔了，这话显然欠妥。刘书青好像并没多想，说，是的，我儿子会长，若像我就完蛋了，以后女朋友都找不到。

我问，咋回事？不是判给曹蓉了吗？怎么跟着你。刘书青拍拍小男孩，说，你去蹦蹦床上玩球球。小男孩跑开之后，刘书青问，你在这儿干什么？我指了指正在攀岩的阳阳，说，陪儿子来玩。他瞅了几眼，说，你儿子像你，也会长。我哈哈一笑。

过了一会儿，他忽然捣了我一拳，笑嘻嘻地说，你说得对，命是可以改变的，我转运了。我不明所以。他凑到我耳边说，曹蓉将儿子给我送回来了。我更加糊涂，问，这是咋回事？那女人良心发现了？刘书青回头看了看他的儿子，说，曹蓉怀孕了，谢天谢地，再有几个月就生，这儿子她自然不想要了。

原来如此，我气呼呼地说，你就任凭她耍弄你啊？把你当什么了？玩弄于股掌之间。刘书青嘿嘿一笑，说，毕竟是好事儿啊，她也没明确说把儿子给我，但实际等于默认给我了，这一个月，她连个电话也没打来，可能把儿子忘干净了。我说，你心态真好，想得开。他的表情像是陷入某种陶醉之中，说，我现在真心希望她生个大胖小子，平平安安的，别再来找我打官司就好，跟她打官司，我准输。

我不知说什么好，想起他说过曹蓉切除卵巢的事儿，问，卵巢切掉还可以怀孕吗？他郑重其事地说，女人有两只卵巢，切掉一个，理论上仍然可以怀孕的。像是怕我没听懂，他又补充说，曹蓉比较幸运，她就怀上了。我调侃说，你女人的卵巢真强大啊！

第五章

花事

1

罗兰最好的闺蜜是许潇洒，那时她还没有谈男朋友，而我和罗兰刚结婚不久。她经常到我家来玩，叫嚷说喜欢吃罗兰做的菜。有时候家里没菜，一碗简单的炝锅面，她也说罗兰的厨艺比淮河饭店的厨师强百倍。那处房子是朋友借给我们住的，朋友在楼下开了一家自行车行，房子是他的仓库。两室一厅，小卧室和客厅堆满了各式各样的自行车，客厅里只留下一条狭窄的过道，如山间小径。我们回到家，会侧身沿着小径走进主卧室，会客、吃饭、睡觉全在主卧室里活动。家里只有两把椅子，许潇洒一来，我们就将餐桌挪到床边，一个人以床当椅。那张床床板下一根横梁断掉了，造成中部塌陷，像只大漏斗。

许潇洒到 X 市是投奔她五叔来的，跟五叔、五婶和侄子一块儿生活。罗兰说她父亲死于淮河岸边的一场民间斗殴，母亲失踪，剩下她成了孤女。她在五叔家其实充当的是保姆的角色，白天在淮河饭店当服务员，晚上回去帮忙带小孩，她侄子刚七岁，一直跟她睡。用许潇洒的话说，侄子跟他妈不亲。我喜欢许潇洒来家里玩，她总是满脸热情，声音响亮悦耳，透着淮河岸边长大的姑娘特有的泼辣性格。那天傍晚她和罗兰见面好像有许多事情急需分享：阮总最近和服务员江思雅在三号楼某某房间开房；客房部哪个女服务员最近勾搭上一个有钱的广东客，一次就给了她五万块；餐饮部收银台的谁谁贪污营业款好几千块被发现了，但餐厅经理压着不让往外说……她们聊得开心，半是调侃，半是认真，最后往往是一声叹息。你们还好，是饭店的正式工，陈哥又跟着阮总混，终归是有前途的。许潇洒的话里透着羡慕。你要是阮总还差不多，能给他换个肥差，他坐办公室里其实连餐饮部的采买都不如。罗兰不以为然。许潇洒大叫道，你太看不起陈哥了，说不定他将来可以接阮总的班，那时你就成阔太太啦，顺便给我转个正！罗兰微微一笑说，你可真会幻想，看他有那个命不！

　　许潇洒小我们两三岁，她长得不算漂亮，还有点微胖，但皮肤特别好，肤如凝脂，婴儿般的嘴噘起来的样子惹人怜爱，那是一种容易让人忽视的美。如果仔细看她，又会发现她其实很耐看，甚至美得震撼。

她俩聊天的时候，外面下雨了。我们楼下是一个人口稠密的闹市口，看着街头匆忙的人流，许潇洒没有半点要回她五叔家的意思。罗兰说，干脆你晚上就在这儿睡得了。许潇洒看了看那张坍塌的简易床，吐着舌头说，可以吗？罗兰笑眯眯地说，没事。我装着无所谓的样子，因为依罗兰的性格，如果我表现出某种喜悦，她肯定会立即撵许潇洒滚蛋。家里到处是自行车支架、钢圈和轮胎，那些丑陋的物件在夜晚像是一种张牙舞爪的威胁，那天晚上她俩连卫生间都没敢去。迷迷糊糊中，我还听见许潇洒幽怨地跟罗兰说，陈哥若是有个弟弟多好啊！罗兰揶揄道，想嫁给他弟弟？你干脆给他做妾算了。

如果说那晚我们三个同床睡一次，是自然而然的事情。那么之后不久的另一次，则完全像是一个意外。罗兰回家去了，我们借住的这个房子，对她而言仿佛算不上家，淮河岸边她父母所在的那个偏僻的渔村才是。为了假装在城里混得还好，她每次回去都要从头到脚买一身新衣服，甚至包括花里胡哨的水晶脚链和赝品名牌皮鞋。尽管如此，那也几乎要花掉我们两人一个月大半的薪水。似乎只有嫁个大款她才有脸回家，看着她心无旁骛地在镜子前试衣服的样子，她的审美简直只能用猎奇来概括，看上去和淮河饭店的舞女没什么区别，我真感到难过。我想说服她这一切可能毫无意义，根本改变不了我们穷困的事实，但她的信念如此笃定，我无法开口。事实证明我是对的，当时她喜欢的水晶脚链和赝品名牌皮鞋，今天早已淡出了她的视野。

那天晚上我参加了"本所招待"，淮河饭店是市政府招待所，如果有内部宴请的话，我就会给餐饮部打电话，告诉他们"本所招待"一桌。客人是谁，那晚吃的菜，早记不清了，只晓得喝了酒，面红耳赤，心跳加快，我左右摇摆、跌跌撞撞地从楼上下来。路过总台的时候，一个姑娘冲我大喊：陈哥！她的黑头发泛着油光，扎两个麻花辫，两翼飞翘，显得比平时好看。许潇洒？我的舌头直发硬。你喝醉了？她一副很吃惊的表情。我喷着酒气说，是的。她说，我送你回去吧？我冲她挥了挥手。她立刻风风火火地从总台里跑出来。

走进我们家，许潇洒欢快的神情立刻变得默然，她没想到罗兰不在家，还想来找她聊天的。她找水壶烧水，一句话也不说，像是想着心事。

今晚的酒真是不赖。我没话找话，像喃喃自语。

许潇洒轻轻一笑，说，我想可能是。她泡好一杯茶，端来放在床头低矮的餐桌上。

许潇洒，留下来陪我。我往床上一躺，喷着酒气的时候胆子特别壮。

不可以，在这里过夜很危险。她说。

我说，是陪陪我，没有其他的。

不可以，我跟罗兰那么好。她低声说。

我孤单啊，而且还有点害怕。我说，而且我不会碰你的，否则，罗兰会杀了我。

你能这样想最好。她紧绷的神情开始放松，还冲我温柔地笑笑。

在我半醉半醒之间，许潇洒悄悄地上床，她没有脱衣服，背倚在床靠上，像是母亲看着孩子入睡。我微微一笑，觉得她的动作有点滑稽。她给我讲她家的事情，她父亲被人打倒在河滩上，嘴里还被灌上粪水加以侮辱。知道我母亲为什么会失踪吗？许潇洒自问自答，因为她疯掉了！她从钱包里唰地掏出一张照片，这就是我母亲。那是张一寸黑白照片，上面有一个梳着麻花辫子的大眼睛姑娘，面带淡淡的微笑。她像范冰冰一样漂亮。许潇洒说。她的故事连续不断，每个细节都令人刺痛。幸亏有我五叔帮忙，打我父亲的坏蛋被判了无期徒刑。许潇洒讲得平静，仿佛也没有太多哀伤，我却被她的故事给淹没了。她本来皮肤很白，关灯之后她那白色的美像是失去了诱惑力。

2

　　我和罗兰都以为许潇洒是个命运多舛的苦命人，她忽然向淮河饭店提出了辞职。她定了婚期，要筹备婚礼。男方条件太优裕了，我作为一个男人都感到嫉妒。那人叫仝桐，本市郊区人，在广东打工多年，挣了大钱，在河畔买的顶层复式婚房。房子装好后，趁仝桐不在家，许潇洒请我和罗兰过去参观。他们家铺的不是瓷砖，也不是木地板，而是厚厚的羊毛绒地毯。买的我最向往的刚上市的 65 英寸索尼液晶电视机，而我和罗兰看的是淮河饭店一号楼淘汰的老式彩电，电工房的维修师傅偷着给我们的。罗兰脱掉鞋子，穿丝袜的脚小心翼翼地走在地毯上，好像走的是冬季河面薄薄的冰层。罗兰不停地啧啧赞叹，说，其实你们不用买床，睡地毯上就可以。许潇洒捶了她一拳。我自然不服，想到处找毛病。终于找出个破绽，卫生间除了一个马桶以外，旁边竟然还安装了一个立式小便器。我说，这是公厕用的东西，你们就两个人，难道你在大便的时候，仝桐会进来撒尿吗？许潇洒眨了眨眼，说，你又不是我老公，要你管吗？我被噎得说不出话来。许潇洒嘿嘿一笑，我老公干啥事都喜欢要双份，有钱。我点点头说，行，只要找女人别找双份就行。罗兰伸手要撕我的嘴。

参观完毕，罗兰问许潇洒，仝桐这人咋样？

许潇洒说，巧克力块般的腹肌特别漂亮。

我说的不是这个。罗兰说。

许潇洒一拍脑袋瓜，皱着眉头说，差点忘了，我们约好要去健身房的。

我们只好悻悻离开，出门时许潇洒送了我们一句格言：健身的意义在于可以使你重新认识生活。

在他们的婚礼上我才见到仝桐。说实话，仝桐长得高大潇洒，他应该叫仝潇洒才对。我实在想不出他为什么会看上许潇洒，也许脑子进水了说的就是他这种人。当婚礼司仪问他，你愿娶许潇洒小姐为妻，并与她白头偕老吗？话筒杵到他嘴前，我的心怦怦跳个不停，生怕他会突然反悔，那可是电影里才有的一幕。还好，他干脆利落地回答：我愿意。我怀疑他说话根本没经过大脑思考。更令人吃惊的是，回答完毕，他竟然扑通一声冲许潇洒单膝跪下，说，许潇洒，嫁给我吧！举座哗然，他的鲁莽举动，一下子把结婚仪式搞成了求婚现场。这脑子不是进水，大约是被驴踢了。我相信现场的众多亲友也跟我抱有同样的想法。也许，他可能觉得欠许潇洒一个求婚仪式，婚礼上一并给补上。他们的婚宴没有在淮河饭店举办，选在本市最豪华的帝坤大酒店，场面非常奢华，菜品在圆桌上叠了两层，有些还没来得及动筷就被新上的菜压在了下面。他们还有一个特别的创意，把仝桐扎着领结和许潇洒穿婚纱的合影做成水晶照片，每张桌子上都放一个。等散场时却没人收拾，服务员将水晶照片连同吃剩的菜一起倒进垃圾桶，和油污混在一起，看上去触目惊心，惨不忍睹。

许潇洒离开了淮河饭店，不再是这里客房部的一个服务员。但饭店服务员经常叽叽喳喳地谈到她，说她像玩收藏的人在地摊上捡了大漏，运气太好了，也酸溜溜地说仝桐，在广东说不定是做鸭子的，长得那么帅，又那么有钱，不做鸭子还能干什么，或者是傍上了富婆，遇到了重金求子的好事。

按罗兰的逻辑，仝桐和许潇洒两口子无疑算得上幸福的一对儿。他们顾不得享受蜜月，就在河畔开了一家酒楼。罗兰啧啧称叹说，五六个包房，大厅还有散座，装修超级豪华。我问，到底几个包房？罗兰皱眉想了一会儿，四个，楼下一个，二楼三个。我嗤之以鼻道，他们非赔得没裤子穿不可。罗兰撇嘴说，吃不到葡萄说葡萄酸，搞得你很懂似的。在淮河饭店混这么久，我没长别的本事，只有一条，单听酒楼或者快捷宾馆的设置，我就能判断赢亏。酒楼低于八个包房，或者一家快捷宾馆低于六十个房间，基本难以赚到钱。没别的原因，规模不够，客源多了容不下，客源少时就赔钱。往好处说，混个惨淡经营，稍有差池，只能关门大吉。罗兰眨眨眼睛说，听说还有小姐。我说，那就对了，全桐这钱赔定了，搞餐饮就正正经经把菜做好，一旦有乱七八糟的，整个酒楼都显得脏，有品位的客人肯定不去。罗兰立刻被我说服，眼睛直发亮，笑着冲我连连点头。她大约觉得，我既然有这种认识，自然是个正人君子。

一天夜晚，罗兰正在做饭，厨房的油烟机坏了，满屋烟雾缭绕，忽然外面有人敲门。我光着膀子，穿个大裤衩大大咧咧地将门打开，走廊站着一胖一瘦两个陌生人，腋下夹着公文包。他们朝屋里看了一眼，眉头一皱，脸上的神情万分惊诧，像是被客厅堆积如山的自行车惊呆了。瘦子还不由自主地用手在鼻腔前挥了挥，那动作与某些女士嗅到别人烟味的动作如出一辙。

你是怎么住到这个房间的？胖子问。

我的脑袋嗡嗡响，直觉告诉我出事了。朋友借给我房子住的时候说得明白，这个房子是某个负责修筑高速公路的领导给一个女孩子买的，住了两年，听说领导坏了事，女孩子也离开了，成了被抛弃的无主房。有一次房间内的水管破裂，水顺着楼梯肆意横流。朋友把房门撬开维修，然后就做了他的自行车仓库。听说我没房子住，又借给了我。

房子……水管破裂……我口吃起来。

罗兰从厨房里出来，手里还拿着一把葱。关键时刻，她真的非常聪明，插话说，我们修水管花了好几千块，还有流失的巨额水费，都找不着人承担……

你们住了多久了？胖子神色冷峻，他没理罗兰的话茬。

我挠挠头，一个多……月……我心里盘算，都住两年多啦！

我们现在郑重告诉你，这个房子需要收回，请你们三日内搬离。胖子竖起食指冲房间内指指戳戳。明白不明白？

我连连点头，明白。

瘦子追问了一句，能不能做到？

我说，能。

　　他们转身离去，我才想起竟然没要求看他们的证件，不知他们姓甚名谁，而他们也没问我是谁，双方都有点太草率。但我毕竟心里发虚，私自占用他人房屋，和寄居蟹没什么两样，他们没要求补交房租我已然觉得庆幸。罗兰心情极差，晚饭都没胃口吃了。淮河饭店分给了我们一套集资房，可楼体刚竣工，工人正在刷外墙漆。三日内租一个合适的房子，可能并不容易。罗兰想到了许潇洒，她家的房子是复式楼，或许我们可以在楼上借住几日，至少可以把行李暂存在她家里。我们的全部家当，其实就是罗兰不同季节的衣服、皮包和鞋子。

3

罗兰匆匆去找许潇洒，吃了个闭门羹。因为仝桐将那套河景房换成了指纹锁，许潇洒也无家可归。

像只旧鞋给扔掉了。罗兰说。

她看上去既痛苦又有些兴奋，嫉妒地叹了口气。

我狐疑不解，仝桐扔她的旧鞋干啥？

罗兰白了我一眼，哪跟哪呀，仝桐变心了，亲口说许潇洒像一只硌脚的旧鞋，他们正在打仗，闹离婚！

我从口袋里摸出一支烟来抽，深深吸了一口。只有当罗兰跟我探讨大事情的时候，我才敢堂而皇之地在她面前将烟点燃。

仝桐跟酒楼的一个女服务员搞上了，被许潇洒捉奸在床。她认得那个女服务员，酒楼开业的那天，许潇洒皮鞋尖头上沾了污物，她见了立刻乖巧地蹲地上帮着擦去，令许潇洒顿生一种老板娘的荣誉感。没想到你果然是个贱人！许潇洒去撕扯那个女服务员。女的说，是你老公自己跑到我床上来的，你若有本事就去管他呀！许潇洒骂她，你真不要脸！女的斜乜着眼，冷笑道，仝桐说你是硌脚的鞋子，早晚要扔掉。许潇洒当场就给气哭了。

许潇洒回家向仝桐求证，你有没有说过我像硌脚的鞋子？仝桐不想跟她多谈。问得急了，仝桐说，你若说我说过，那就是说过。许潇洒抓起茶几上的红酒砸向仝桐的脸，仝桐头一偏，那台 65 英寸的索尼电视机液晶屏被砸得稀烂，红酒也泼洒在洁白的地毯上。许潇洒说，你给我滚！没想到仝桐冷笑着说，这房子是我刚从广东回来时买的，属于婚前财产，你说谁该滚？

罗兰仿佛对我喷出的烟味一点也不反感，讲得绘声绘色。我却听得头昏脑涨，这剧情并没有什么稀奇的。当初我就没觉着他们是多么般配的一对儿，所以现在闹的这出戏也不意外。只是仝桐这么快地露出恶劣的面目，令他身上富有、英俊、充满男性魅力的光环立刻逊色了。我相信许潇洒这次真的重新认识了生活，而不是来自健身。

看到了吧，日子还是像我们这样，简单点好，虽然没钱，但令人踏实。我说。

你知道许潇洒怎么说你吗？罗兰问。

我反问，是说我的好话吗？

她说谁若跟你好，可真倒霉透了，你这人太吝啬，女的什么好处也捞不到。罗兰哈哈大笑。

我吐了口烟，淡淡地说，难怪我在勾引女性方面，一直是个困难户。

男人啊，没一个好东西。罗兰叹息说，可怜的许潇洒，她可能要重新出去找工作。

我忽然想起跟许潇洒同榻而眠的那一夜，在脑海里将那晚的细节过了一遍，我希望自己能从那个陌生而糊涂的暗夜里剥离出来。

关键时刻还是阮总伸出了援手，他安排客房部经理在饭店最旧的一号楼给我们找了间客房。给你住四个月。他冲我伸出四根手指，淮河路家属院的新房子再有一个月就可以交工，另外给你三个月的时间装修，这样你和小罗就不用去租房住了。阮总说这话的时候，额前的长发滑落到眼前，他时不时用手撩至耳际，我觉得他的神态特别潇洒。

4

　　离婚后，许潇洒竟慢慢成了个女强人，这大概才是她的
本色。我不时地听罗兰说起她的消息，移动公司客户经理，
淮源酒业销售代表，平安保险公司区域经理，帝坤大酒店营
销总监，她的身份不断变换，令人眼花缭乱。她喜欢结交有
权势的人。罗兰在家里说，现在一张嘴就是某总、某局、某
书记，不喜欢跟我们玩了。我感叹道，许潇洒也真有本事啊！
罗兰撇着嘴说，你知道啥？还不是靠她五叔帮忙，她五叔是
检察院的副检察长。我发现罗兰对于她的闺蜜，我若说好的，
她就往坏处说；我若说坏的，她就往好处说。我们老家有句
话，买的麻花不吃，要的是那股劲儿。说的就是她这种人，
处处跟人别着来。

　　罗兰让我下班时去买两盆花，最好是盆景。我问干啥？

罗兰从不喜欢养花，家里仅有的几盆绿植，一旦我出差几日，叶子就会耷拉着奄奄一息，她从不记得浇水。有一次我重新救活一盆野山楂树以后，她调侃地问我是不是浇了印度神油。她说许潇洒在新区开了一间茶馆，送两盆花去，寓意恭喜发财。我去花市逛了一圈，选了一盆正在开花的映山红，一盆小叶女贞，价格贵得令人心疼。

茶馆在新区的一条断头路的尽头，因此特别僻静。那间门面房本来只有一层，被许潇洒将地面挖去两尺多深的土，然后搭了层阁楼，改造成两层，有四五个茶室，幽静雅致，却也无比压抑。我好久没见过许潇洒，她胖了许多，像是胯骨突然长宽了，身材显得很威猛。罗兰和她说笑着走进去，我分两趟从车上将盆景抱下来。许潇洒笑吟吟地说，哎哟，这是陈哥从山上挖的吗？

许潇洒正在招待客人，雅座里坐着一个中年人，白白净净的，戴副金边眼镜，正在喝茶，旁边放着一盒刚拆开的中华烟。许潇洒说，这是新区税务局的董局长，我董哥。我冲那人点点头，那人微微一笑。许潇洒跟服务员招手说，泡两杯茶来。罗兰连连摆手，说，我们不喝茶，随便看看。说着她四处溜达，欣赏各个茶室的装修。许潇洒带着她，到处戳戳点点，某幅字是本市的著名书法家用左手写的，养碗莲的石槽是她从某个山沟淘来的马槽，还有紫荆花种，是托朋友从香港捎回来的……服务员端来一杯茶，我当即心里冒火，那个董局长用的是带把的公道杯，泡的是上好的芽头。而给我用的是普通的直筒杯，泡的竟然是散碎的茶叶末，水还是温暾的。这个细节也好像瞬间被董局长洞悉，脸上又是微微一笑，端起他的茶来，摇头晃脑地吹吹，轻轻呷一口，很享受的样子。我顿觉备受侮辱，这种事情可从来没有遇到过。而且我对此毫无应对经验，这令我更加羞耻。我腾地站起来，转身就往外走，喊罗兰离开。

罗兰脸上露出吃惊的神情，她正在赞叹许潇洒的装修设计，一切都太有眼光了。我说，阮总打来电话，单位有事情。许潇洒说，行，我这里比较私密，只接待高端客户，你们有空再过来玩。

坐到车上，罗兰叹气说，许潇洒也没留我们吃饭啊！

我说，你以后还可以来啊，下次她再请你，我不会再来了。

罗兰说，怎么阴阳怪气的，你这人可真奇怪。

真可惜了我的盆景。我说。

罗兰像是没听懂我的意思，自言自语似的说，你知道吗，许潇洒新找了个男人，那男人对她很好，也有钱，卖海鲜的，只是比她大十多岁，长得也丑，那男人老想跟她打结婚证，许潇洒说简直是白日做梦……

如果不是数年后的一次晚餐，许潇洒的故事对我真的一点也不重要。我认识她差不多十年了，这十年中我们都有不少改变。我们两家的关系时断时续，不好也不算坏，但最后许潇洒搞出的龃龉之事，实在令人头疼。淮河饭店的效益越来越差，而我的职位却越混越高，直至做到副总经理。就在我干得顺风顺水的时候，上面传来消息，淮河饭店要改制了，一切都将树倒猢狲散。这个当口，我参加了一次公开招聘考试，考取了省城的公职。

罗兰张罗了一次晚餐，她说请她的一个好朋友、亚科公司副总裁来家里吃饭。我问这朋友是干啥的？罗兰神秘一笑，说，搞高科技的，来了我介绍你们认识。我有点摸不着头脑，从没听说她有这样一个朋友。你们认识很久了吗？是的。罗兰点点头，一边切芒果一边笑着说，以前她可能有点看低我们，现在听说你要飞黄腾达了，可能想跟你套近乎吧！她正在炮制最为拿手的芒果班戟。

门铃一响，进来的竟然是许潇洒，身后跟个年轻姑娘。许潇洒满脸春风，进门就对罗兰说，做了什么好吃的？我不想让你们为了我推迟晚饭的时间。又说，陈哥，你真是才子啊，金子终于要发光啦！那个年轻姑娘跟许潇洒一样白，细高挑的身材，染着一头棕色的头发。我问，怎不介绍一下，这是亚科……副总裁是吧？罗兰嗔怒说，是许潇洒，欢迎许总裁！许潇洒哈哈大笑，指着那姑娘说，这是我小妹，苏晓玉，她是来跟你取经的。那姑娘尴尬地一笑，轻声说，陈哥，我也想上岸。

上岸是公务员考试界的专用名词，意思是考上公职，没考上就是还在水里面，一直溺水中，我意识到她一定参加过培训学习。在年轻人面前，我知道自己的水平其实挺糟糕的，就说，我还差得远，做题主要靠蒙。苏晓玉低着眼睛说，我最害怕面试……我们围着餐桌坐下，她很害羞，两只手不停地拨弄着修长白嫩的手指。我说，我出道题你来答试试。你是警察，参与维持一次公路自行车比赛的秩序。领导让你负责把守一个路口，任何人不能通过。这时有个男子开车载着一名孕妇驶来，孕妇大出血，有生命危险，要驶过路口去医院，你怎么办？

苏晓玉脸色微红，很紧张似的看了我一眼，嗫嚅道，那肯定是要让她过去的。我沉默一会儿，笑着说，这样答肯定不行，你这个警察不合格啊！

许潇洒眼睛瞪圆了，我的神啊，那怎么办？人家要生孩子，不能见死不救啊！

我说，你是一名警察，领导让你守住路口，这是工作底线，你放人家过去，说明你关键时刻丧失原则，以后在工作中可能会贪污，更有可能会受贿，所以不能录用啊！

许潇洒拍着桌子说，陈哥，你来答，你说怎么办？我倒要听听。

首先，必须截住车辆，绝对不可以擅自允许他们通过路口，给比赛带来隐患。然后立即向领导汇报情况，与赛事指挥人员联系，看参赛选手还需多久抵达路口。如果时间允许，就让他们快速通过；如果时间不允许，就让他们在路口等待。同时与医院急救中心联系，让医生赶来就地处置，也可呼吁旁边懂急救的观众参与救治。最后，赛事结束，你要赶到医院看望孕妇，取得其谅解。我点燃一支烟，边抽边慢悠悠地说。

许潇洒大笑，我的天啊，你真能忽悠，难怪你能考到省里去。她的手一激动，碰到了桌上的一只玻璃杯，想起了什么似的，立即从包里掏出钥匙，递给苏晓玉说，快去我车上，把后备箱的一盒铁观音拿来，给你陈哥好好泡杯茶。

那晚的空气都飘荡着愉快的气息，在苏晓玉看来，我是个上岸的人，她的眼睛时时露出羡慕的神色。的确，上岸这个词在我看来，有一种长距离游泳之后那种干净的感觉。

但我的愉悦像刚发生的山火，很快被罗兰来一场暴雨给浇灭了。那晚许潇洒和苏晓玉离开后，罗兰整整半个月没有跟我说一句话，我丝毫不知道自己做错了什么。之前的几天，我们每天傍晚都要到河畔的树林里散步，畅想即将到来的新生活。招待许潇洒吃一顿饭，一切都改变了，我们分床而睡。

在我收拾行李的前夜，罗兰站在小卧室门口说，阳阳爸爸。

每当她跟我说某种大事情的时候，她就会称我"阳阳爸爸"，阳阳是我们的儿子，仿佛她跟我没有关系。

我要跟你说几句实话。

我不置可否，不知道她要说什么。

许潇洒并不是你想象的那种人，你了解她什么？你以为她五叔真的是她本家叔叔吗？为了她爸爸的案子，搭上个检察官而已。在你眼里她是仙女吧，真可笑！

我的心怦怦跳，跟我说这些干什么？又不关我的事。

我怎么也想不到你原来是这种人。罗兰说。

你到底想说什么？我觉得她真不可理喻。

许潇洒跟我说，不能让你独自到省城去，让我一定要盯着……罗兰突然哽咽不已，她说，十年前，她就跟你睡过觉，差点就发生了，你是个很危险的人……

罗兰泪如雨下。

第六章

观涛

1

阮总的长发散乱至额前，双眼红肿，将脖颈靠在老板椅上，双脚高高跷于桌案，如同一只孱弱的困兽。办公室满地的烟蒂，它们大多数只抽了半截就被丢弃。我怀疑阮总可能整夜未眠。作为饭店的老总，他的恶习之一就是抽烟不喜欢用烟灰缸。总经理办公室的专属服务员傻妞会每天三次来打扫卫生，她常跟我说房间里到处一片狼藉，唯独桌案上的水晶烟灰缸光洁如镜。阮总的眼神空洞而失神，像是费了好大的劲儿才看清是我，然后伸手去够脚尖处的烟盒。我连忙抠出一支烟递给他，顺手也给自己点上一支。

你写封信吧。阮总深深地吸了一口烟，缓缓地说。

我不明所以，写信？现在没人写信了，都发手机短信，或者电子邮件。

必须写信，这封信非常重要。阮总站起身，走到办公室窗前，指着院中央那栋模仿迪拜帆船酒店外形的十九层大楼的框架说，我们饭店是死是活就看你的手段了，要下足功夫，好好措辞。阮总的话令我有种备受器重的感觉，却越听越糊涂。饭店新楼框架浇筑完成，该用砖块砌墙时，资金链断裂，已停工半年有余。乌青色的大楼框架四面透风，看上去像一艘布满破洞遭人废弃的破船。

给市领导写信吗？我问。淮河饭店作为隶属于 X 市政府的接待宾馆，新建大楼原本该由政府投资，但楼堂馆所类的工程立项受限，阮总宁愿项目资金来源为自筹，也要执意上马。他像个寺庙的和尚四处化缘，搞点钱回来，工程队就忙活十天半月，钱一折腾完，工人立刻作鸟兽散。可惜大楼像个吞钱的无底洞，他搞到的钱总是杯水车薪。饭店所有人的眼睛都盯着阮总，看着他如何唱独角戏般地盖大楼，而政府领导决意要对饭店进行改制，内外交困，快把他逼疯了。

李嘉诚。阮总吐出三个字，像是说出他酝酿已久的 B 计划。你给他写信，只要他肯投三千万，帮我们把饭店新楼搞起来，可以给他百分之四十九的股份。

香港的李嘉诚？我差点笑出声来。

对，香港长江实业集团董事局主席。阮总说得郑重其事，脸上的表情不像开玩笑。

我怀疑阮总是不是生病了，也许在发烧。他是何等成熟、睿智的人，而这种举动在我看来未免过于夸张，而且天真。

这恐怕有点不太现实。我说。

什么叫不太现实？阮总的嗓门猛地一高，瞬间发怒，像个炸药桶被我无意间给点爆了，给你安排一件事情，还没搞就说不太现实，那说说你干什么事情能有必胜的把握？

我被呛得哑口无言。傻妞拿着拖把推门进来，看了看我们，眼珠一转，像是发现气氛有点异样，头一扭转身出去了。她被阮总起个绰号叫傻妞，其实很聪明机灵。

所有现实都是人创造出来的，能不能打动李嘉诚来投资，关键在于你写信的水平。阮总用手指砰砰地敲击桌面，要学会用别人的钱投资，用别人的钱盖楼，甚至用别人的钱吃饭，那些用自己的钱，自己承担风险的人，在我看来都是傻子。

我脑袋里嗡嗡响，感觉自己像被人绑架了，这很荒诞，也很滑稽。代表饭店老总写信，所述内容其实与我个人无关，但我心里仍然泛起一种被戏耍般的羞耻感。阮总的眼珠暴突着，嘴唇微微颤抖，我完全无力争辩。

从新楼奠基开始我就对阮总的工作路数不太认同，我认为建大楼好比饭店炖一锅鸡汤，应将所有的食材和原料准备齐全了，再开火慢炖。不能上来就清水烧锅，水沸腾后发现没鸡子，将火熄灭去杀鸡，回来重新烧火，鸡肉快熟烂了，发现蘑菇还在山中待采摘。阮总对我的这套说辞极为反感，他认为干事情就是吃萝卜，吃一截剥一截。他曾指着我的鼻子说，你记住，不会有人准备好所有的食材等着你去炖鸡汤，世界上没这等好事，吃萝卜都得现吃现剥！他是饭店老总嘴巴大，我是办公室主任嘴巴小，反正怎么说他都赢。

　　过了一会儿，阮总抬腕看了看表，口气稍微缓和下来，说，你把上次写给市领导的汇报材料打印出来，我上午再去市里汇报一下。

2

那天下午四点多钟，当我正在为怎么给李嘉诚写信而苦思冥想时，忽然获知一个消息，饭店的班子成员被通知立刻赶到市政府办公室开会。其中有一个副总接电话时承认自己未经请假去了邻县，无法立刻赶回来。市委办公室的人说没有关系，缺席一人不影响开会。我觉得事情有点非同寻常，不过还未引起我的足够警觉。整个下午我都在网上搜长江实业集团的资料，头昏眼黑，满脑子糨糊。

下班的时候，饭店忽然来了几个人，手持封条往饭店财务室的铁门上贴。我以为是法院执行庭的人，饭店欠外面不少钱，正被几桩官司缠身。疑惑之间，领头的人走过来，说，陈主任，饭店的公章在你手里吧？把它给我。我揉揉眼，才认出他是市政府接待办公室的副主任靳江南。此前政府的公务接待都由他负责在饭店签字，饭店的人经常和他打交道。有两次在夜市吃烧烤时碰见他，我还抢着替他付过账。旁边站着好几个饭店的中层以上领导，客房部经理李艳秋嘻嘻哈哈地冲我说，这是饭店新来的靳总，没想到是老熟人，以后我们就抱着靳总的大腿混啦！餐饮部经理樊露说，你抱大腿，我们只好搂胳膊了！

我从抽屉里拿出公章，用张干净纸包着，递给靳总。他接过去，害怕搞错似的，认真验看了印文，才往公文包里一塞，拍拍我的肩膀说，我在河畔的"水浒寨"订了一桌地锅饭，等会儿和大家一块儿坐坐。李艳秋尖叫道，不能让靳总埋单啊！

事情的变化令人措手不及，我在慌乱之间连连点头。他们离去以后，财务部经理阮小琴站在门口，眼神复杂地看着我，用一种怨尤的口吻问，你今天见到阮总了吗？我说，上午见过。她又问，他说过什么吗？我说，没有，只要了份汇报材料，说去找市领导。阮小琴眉头一皱，难怪，别不是他自己辞职的吧，手机也打不通！我朝走廊左右看了看，轻声问，为什么封你财务部的门？阮小琴摇摇头说，不太清楚，据说明天审计组要来对饭店的账目进行审计。我叹口气说，来者不善啊！阮小琴轻松地一笑，说，没见到这样干的，不过饭店的账不怕查，因为政府的公务接待欠我们一千多万，查个底朝天才好呢！

我抓起桌上的电话，拨打阮总的手机号，语音提示对方关机。也就是从那天起，阮总仿佛凭空消失了。

我打车赶往淮河之畔的"水浒寨"，昏暗的天空飘起了秋雨，我快步跑入包厢，身上还是淋了一些雨水。这顿地锅饭的准备很周全，有切好的哈密瓜、柿子、青枣等水果，泡好的上等绿茶，桌上散着中华烟，还有两瓶剑南春酒。这是淮河饭店招待客人的标配，显然不是靳总个人准备的。饭店的中层人员都在，反而是两个副总好像没来。饭店的男士比较沉闷，女士则透着欢快和热烈，仿佛已与靳总打成一片。靳总刚在椅子上坐下，樊露立刻端去一杯茶，并介绍其他部门的人给他认识。李艳秋忽然拿着一面小镜子递过去，碰了下靳总额前的湿头发说，靳总，给你这撮毛捋一捋。靳总手一拨，将李艳秋的手挡开了，众人哈哈大笑。

樊露挤着眼睛说，靳总真会选地方，这里是水泊梁山，你以后就是我们的山寨之主了！阮小琴打趣说，就是哈，看到没，天正在下雨，靳总就是我们的及时雨宋江哥哥。李艳秋摇着靳总的胳膊，嗲着嗓子说，靳总靳总，你说你到饭店来了，我们以后是不是有糖吃了，并且想吃红糖吃红糖，想

吃白糖吃白糖？靳总大约没有这样被一群女人追捧过，脸色
红涨得厉害，不知接谁的话茬好，刚开始冷着的脸色慢慢活
泛了。酒局开始，靳总说，特殊时期，我就不喝白酒了，不
过你们可以喝一点。说着举起一盒插着吸管的酸奶要跟人碰
杯。李艳秋端着一杯白酒走过去，说，靳总，你这么大了还
没断奶啊！说着伸手捏了下他的奶盒，一股奶液喷溅到靳总
的衣领上，李艳秋惊呼道，哇，你的东西都飙出来了，快拿
纸来，我给你擦擦！旁边有人窃笑。樊露递过去几张餐巾纸，
李艳秋作势要擦，却冷不防搂着靳总的脖子将一杯白酒灌进
了他嘴里。

　　一直默不作声的餐饮部副经理江思雅，身着绿裙，端着
两杯酒，轻盈地移步至靳总跟前，脆声说，靳总，你到淮河
饭店来，是带我们上天堂，还是下地狱？靳总面色红润，像
是趁着酒劲硬着脖子说，肯定是上天堂！江思雅说，那好，
为了我们的天堂，我先干为敬。说完一仰脖将手中的白酒喝
完，双手将另一杯恭恭敬敬举到靳总面前。那杯酒将近二两，
靳总龇牙咧嘴痛苦万分地喝了下去。李艳秋在旁边大喊道，
我提议，谁再想跟靳总碰杯，得喝交杯酒，不然老娘我都不
同意！

　　女人们喧哗吵闹得凶，但关键时候还是不靠谱。那晚走

出"水浒寨"大门时，李艳秋和樊露一左一右抱着靳总的胳膊，黑咕隆咚，摇摇晃晃，忽然靳总的身子往后一仰，结结实实摔在地上。众人吓得快要灵魂出窍，七手八脚将他扶起来，停了一会儿，靳总"哇"的一声嘴里的秽物喷涌而出，大家才放了心。

3

　　靳总拒绝在阮总留下的总经理室办公，另外挑了一间窗明几净的房子，并特别声明他的办公室不要床。他似乎要走一条与阮总相反的路。我们都心如明镜，他只有两条路可走，要么想辙筹钱，把新楼建起来，使饭店步入良性经营轨道；要么进行改制，资产挂牌拍卖，把职工安置好。靳总好像并不急于决断，他抓的是饭店的工作纪律，早晨八点签到，八点零一分来算迟到，下午五点五十九分走算早退。他每天准时八点来办公室，在没签到的名字后面统统画上斜杠，让迟到的人没办法补签。众人都私下里暗笑，这其实都是小事情，用不着他亲力亲为。我在他画斜杠的时候问他，靳总，基于饭店面临的困境，你觉得签到真的那么重要吗？他用手拍着签到本，说，特殊时期，非常重要！我表示不解，总经理不是应该抓大放小吗？他眼睛一翻说，三言两语讲不清楚，我看过日本企业的管理秘籍，签到具有重大意义，你执行好就对了。我也就没词了，但我心想所有人都在静观其变，而签到并不能改善饭店经营滑坡的窘境。

一天上午，樊露给我打电话，说，陈主任，快下来，我们和靳总一块儿去看个病号。依饭店的惯例，看病号从门口的商店拿点牛奶、火腿肠、食用油之类，一般凑够三样。我走到门口时，看到饭店的公车在门口停着，靳总正在往后备箱搬东西，有两罐雀巢奶粉、两盒好想你枣片，两瓶意大利进口橄榄油，竟然还有一束娇艳欲滴的鲜花。樊露站在一旁打电话，像在确认病号的住院房间。

靳总亲自驾车，看这隆重的阵势，我以为是看望市政府接待办的某个领导。哪知上车以后，樊露瞟了我一眼说，你不知道吧，江思雅住院了。我心里一动，暗想靳总搞工作真是深一脚浅一脚，江思雅只是饭店的部门副职，看望她派我和樊露就行了，他竟如此大张旗鼓，尤其是那束鲜花，肯定是专门从花店订来的，真是惹眼。我笑着说，真不知道，前两天不还好好的吗？樊露说，是啊，姑娘家莫名就肚子疼，她可是靳总的心上人啊，我们必须得去看看。靳总扶了扶眼镜，粗声道，什么心上人！啥事情到你嘴里就变词了，跟你说过，她是我认识的淮河饭店第一人，那时她还是餐厅服务员嘛！樊露嘻嘻一笑，说，别解释，那时我还是餐厅领班呢，怎么没记住我？

我们赶到郊区的铁路医院，找到江思雅住的病房。可能是由于她喜欢安静，选的是这样一家市内的非主流医院，病人比较少，病房反而洁净雅致。她没躺倒在病床上，而是穿着衣裤和鞋子，将被子当靠枕，斜靠着坐在床上，拉丝的直发一丝不乱。她像是完全没有料到靳总会去看她，白皙的脸蛋微微发红，锁骨凸显，看上去竟然很性感。靳总捧着那束花，端正地摆在她的床头柜上。我提着其他礼品悄悄放在门角。樊露大叫道，江妮子，听说你病了，靳总急得都上火啦！靳总用手指了指樊露，你呀你！转身对江思雅说，特殊时期，你可要将身体养好啊！江思雅坐起身来说，都跟樊姐说了，我没事儿，还劳驾靳总跑这一趟。并冲我点头说，陈哥，你坐。我搬来椅子，让靳总坐下，自己站到门口抽烟。樊露笑着摸了摸江思雅的额头，说，怎么样啦，肚子还疼吗？虽然疼在你身上，可疼在靳总心里啊！江思雅脸色绯红，她虽然住院，可仍然化了淡妆，两天不见，像是瘦了一些，但看上去也更加俏丽。

在病房里扯工作上的事情，好像并不合适，都说一些闲话。靳总说，我认识小江，是因为一件事。樊露装作好奇地问，什么事啊？靳总想了想，像讲难言之隐似的说，那一年我在淮河饭店客房内筹备市里的一个会议，加班写材料，错过了饭点，小江让值班厨师给我炒了一道菜，还有一盒米饭，给我送到房间，真感动啊，我觉得淮河饭店的人真好，时至今日我还记得那道菜，葱爆鳝片，那味道真香。江思雅脸又红了，轻声说，靳总，你说的我都记不得了，你写材料也辛苦嘛！樊露拍掌大笑，你俩还有这一出，靳总也真是有情有义，时过境迁记得这样清楚。说着说着，江思雅又半躺在病床上，似乎这样舒服一点。樊露忽然问，江妮子，你咳嗽吗？肺部有没有炎症？江思雅蹙着眉头柔声说，有点咳嗽，是不是肺炎真不知道。樊露拉起靳总的手，指着江思雅的胸口，笑眯眯地说，靳总，你趴上去给听听吧？听肺部有没有杂音，我们都不会听。靳总一脸尴尬，看了看门外的我，站起身来说，你别闹了，我们走吧，让小江好好休息，愿早日康复！樊露小碎步追上来说，我敢打赌，你这一来呀，江妮子的病好了大半。

4

　　签到一个月，靳总突然发现一个致命的问题。饭店入不
敷出，月底竟然没钱发工资。阮小琴拉着我去见靳总，冲他
竖起三根手指说，缺口三十万。靳总想了想，问，饭店不是
有好几个账户吗？阮总走的时候，所有账户上都没留钱吗？
这可能是他接任饭店老总以来，第一次提起"阮总"两个
字。阮小琴说，饭店有两个账户，一个是基建专用账户，一
个是经营账户，早都没钱了。靳总挠挠头问，以前阮总都是
咋解决的？阮小琴低声说，凭他个人的脸面，向外人借的。
靳总将桌子一拍，愤然道，就知道借、借、借钱算本事吗？
借钱开支与饮鸩止渴有何异？难怪饭店的窟窿越盘越大！阮
小琴说，工资如果不按时发，职工容易在下面翻泡。翻泡怕
什么！饭店今天的局面怨我吗？靳总瞪着眼，在办公室里来

回踱步。他有颈椎病，将脖子左右摇晃，时不时发出咔咔的声响，忽然他大手一挥说，其实这些都在我的预料之中，饭店的包袱太重，现在是特殊时期，需要裁员，比如餐饮部，我看只留一个经理就行，给樊露提前办理内退，留个江思雅就可以嘛！说着看了看我，陈主任你统计一下签到情况，我感觉樊露迟到早退就很多，再说客房部，留个副经理罗兰就够了，李艳秋也可以回家，这两个人成天没有一点正形，只知道打情骂俏，嘻嘻哈哈像什么话嘛，都是阮总欣赏的风格吧！

阮小琴看了看我，脸上似笑非笑，表情复杂。我觉得靳总的话信息量太大，这些话他应该在班子会上说的，在我和阮小琴面前发作，我们只能听听，说什么都不妥。在饭店混这么久，我深知不能随便站队，也不能跟着领导的节奏跳舞。领导翻手为云，覆手为雨，做下属的却容易闪了腰。

从靳总办公室出来，我悄声对阮小琴说，刚才的话不可以说出去吧？阮小琴微笑着说，陈主任，我肯定会烂在肚子里，就看你了。我说，我已经忘记了。阮小琴戳了下我的胳膊，难怪阮总那么赞赏你。

第二天早晨，靳总打电话叫我到他办公室去一趟。我一进去，他就反手将门掩上。他的腿竟然有点瘸，走路一跛一跛的。我说，你的腿咋啦？他摆摆手，叹气说，痛风，昨晚吃了点海鲜，没想到就犯了，你坐。我在他对面椅子上坐下来，他不抽烟，我也不好在他办公室掏烟来抽。他的办公桌收拾得非常整齐，报纸码得像刀切的一般，书籍、笔记本摆得如同展览品，一只计算器就在手边，仿佛会计师随时要算账。

我问你一件事，靳总沉吟道，你若知道就跟我通个气，不知道就算了。

我的心怦怦直跳，很少见到靳总如此慎重的样子，我有种既紧张又受其信赖的感觉。什么事？我问。

咱们饭店在淮河路上有个家属院对吧？靳总问。

我说，是的，有三栋楼。

阮总是不是在那儿有房子？靳总又问。

有，他是黄金楼层的大套。

家属院的房产证办得咋样？靳总说着提起了笔。

正在办理，建楼的手续不全，我们办公室正在想办法往前推。我说。

噢。靳总点点头，手中的笔顿住了，身子往后一仰，像是想着无限心事。过了一会儿，他重新坐正身子，低声说，我问你一件事，特殊时期，你给我透透底。昨晚阮总给我打个电话，拜托我给他办件私事，他想把自己在淮河路家属院的房子办至江思雅名下，这是为什么？

我原以为是多么严肃的问题，没想到是这样一件事情。看着靳总一脸认真而又懵逼的神情，我差点哑然失笑。我心想，江思雅和阮总在外面同居数年，饭店里尽人皆知，人家两个人的事情，你这个为什么应该去问阮总啊！

我忽然意识到，靳总的疑惑可以理解，他到饭店不久，这些男女私事他如何知道。我琢磨片刻，说，那个房子大概是阮总送给江思雅的礼物吧！

礼物？靳总的眼神很冷。

对，应该是赠予的礼物。我说。

好，我知道了。靳总脸色灰青，无力地挥挥手，示意我离开。

5

新楼建设停工，职工工资停发，淮河饭店的境况不断恶化。靳总坚持好钢用在刀刃上，他说，特殊时期，有限的资金要用于缴纳职工的养老保险。那晚江思雅问他是带我们上天堂还是下地狱，成为饭店职工口口相传的一次经典提问，不断被职工反复追问，靳总现在一律拒绝回答。

但我已感觉到了，上天堂需要梯子，需要无数架梯子拴在一起，而靳总显然没有能力寻找梯子。而下地狱，破产改制，又是他不愿面对的现实。他适合当个优秀的生产车间主任，可惜来错了地儿！饭店的保安私下里如此评价他。

靳总，我们财务账上只剩两元八角钱，水电费都欠缴了。阮小琴说。

靳总，我们餐饮部连酱油和醋都赊不到了。樊露说。

靳总，我们客房部一次性洗漱用品久未结账，厂商不愿意供货了。李艳秋说。

靳总，我们保安部的灭火器过保质期半年了，一旦出事要负刑责……

靳总，我们工程部的锅炉需要进行大修……

靳总听着各部门的汇报，不动声色地埋头收拾桌面，签字笔、茶杯和文件都摆得整整齐齐，一副波澜不惊的无所谓的表情，像是对饭店的窘况尽在掌握，又像是虱子多了不怕痒。汇报完毕，总经理室陷入沉默。良久，靳总一抬头，问，完了？

没人吭声。靳总点点头，自言自语似的说，好。

他轻轻拉开老板桌的抽屉，拿出薄薄的一页纸，清清嗓子说，特殊时期，我跟市领导汇报了，裁员势在必行，我拟了份名单，大家看看，如没有不同的意见，今天就通知当事人。说完，将那页纸递给了我。

名单几乎是饭店所有的临时工，正式工只有一人，竟然是餐饮部副经理江思雅。我感觉脑子一片空白，没有头绪。事情如暗流涌动，风云变幻，真是一切皆有可能。

靳总脸上挂着淡淡的微笑，说，大家要在下面做好心理疏导，告诉他们，裁员是被逼的无奈之举，等饭店效益好转，欢迎他们再回来。

　　我将名单往下传给阮小琴，她的眼神落在纸上，眉梢猛烈地跳动几下，然后急急抬头看了我一眼，像是想从我脸上寻找答案。她那复杂的神情，仿佛明白一切，又像是无比糊涂。

　　李艳秋和樊露匆匆瞟了几眼，表情平静如水，似乎尽在她们的意料之中。

　　轮船将沉没，飞机欲坠毁，都会扔下一些行李，通过减轻负重来避免悲剧。或者说我们像一辆卡车，只有痛痛快快地卸掉沙子，才能轻松奔驰。大家都同意吗？

　　同意。总经理室里众声齐答。

第七章

弦歌

1

你在干吗？

我的手机收到樊露发来的短信，只有这四个字，有点亲昵，略显暧昧，仿佛她在嗲着嗓子跟我说话。我俩以前在办公室里脸对脸办公，相处三年，关系甚好，但自从她去餐饮部当经理之后，我们几乎没有私下联系。因为她临走收拾办公桌的时候，当着我的面哭了一通鼻子，泪花四溅，令我心惊胆战。她可能认为领导是为了解决我的办公室主任职位，而让她腾位置。虽然餐饮部经理的职位也是饭店许多人向往的，却不是她的本意。我想安慰她，却不知说什么好，而且说啥都有点假惺惺的感觉，我干脆闭口不言，也没有给她递纸巾，如同一切都是我的错。

我犹豫着如何回复，她又发来一条信息：我办公室没人，你上来吧。

好像她吃准了我这会儿没事，我看了看表，十一点钟，就从抽屉里找出餐卡，等会儿可以直接去职工食堂吃饭。她的办公室在三楼拐角，我悄悄走上去，她的门虚掩着。我一推，她正在笑吟吟地泡茶，说，这是地道的凤凰单枞，蜜兰香，你尝一尝。她的办公室窗户阔大，阳光从窗外照进来，落在桌上的两盆龟背竹上，桌面一尘不染，显得洁净雅致。你这儿真舒服。我说。她嘿嘿一笑，露出玉贝样的牙齿，像是认同我的话，又像是有难言的无奈。

我觉得气氛有点怪怪的，就从兜里抠烟。樊露说，你抽烟太多，恐怕好茶都尝不出味道。我端起她沏好的茶盅，说，我鼻子管用啊，刚才在门外面就闻到是好茶。她哈哈大笑，然后又低声说，也是，高手看汤色就知道，说着走过去把办公室的门关上。现在饭店经济效益不景气，我们这样喝喝茶，也真是奢侈。我不知道说什么好，说完了感觉好像有点不合时宜。

你不是喜欢书法吗？我给你看幅字。樊露说。

我心想，哪儿跟哪儿啊，我对书法根本不甚了了。只是当初大学毕业到淮河饭店参加工作的时候，被逼着用排笔在报纸上写大字，然后由服务员衬着白纸剪下来当会标，接不下这个活，饭店就让我卷铺盖滚蛋。人怕逼，马怕骑，天长日久，我练就了一手随手就可以写出老宋体美术字的本领，但这属于工匠技能，和书法不沾边。可能在饭店的同事眼里，我就算书法水平高超。

樊露弯腰从书柜下面的抽屉里取出一个黄皮纸信封，小心翼翼地抽出一张窄纸条，展示给我看。只瞄一眼，我就震惊了。上面写着"淮河饭店"四个字，竟然是我们的饭店标牌采用的字体。我一直以为饭店标牌是电脑集字，没想到原来有书法家的真迹。

行月的字。樊露轻声说，据说是当时负责饭店装修的老板去北京请书法家写的。

我差点哑然失笑，咬紧牙关强忍住了。落款那两个字有点潦草，乍一看的确像"行月"，不过稍微对书法有点了解的人都可以认出来，是著名书法家"舒同"。我的心怦怦直跳，手都有点发抖。虽然我不懂书法鉴定，但直觉告诉我，这绝对是舒同的真迹。字很好，可惜写的是"淮河饭店"这四个字，极大降低了艺术价值。我故作平淡地说。

交给你保管吧。樊露冲门外看了看，像是怕有人进来，然后把字条装进信封递给我。假如以后饭店倒闭了，你留着这个，也是个念想。我的确很喜欢，他的字值得我学习。对真心喜欢的东西，我不敢有任何假意推辞，因此直言不讳。樊露一笑，说，这就对了，我就想宝剑赠英雄，给不懂的人，好东西也糟践了。

我忽然觉得樊露对我真好，像是重新认识了她，也不枉这么些年我心里一直和她很亲近。她长我五岁，我真心把她当作姐姐的，只要她不对我存有隔阂，我很珍惜这样的同事关系。真想忏悔，这种隔阂也许只存在于我心中，人家澄如明镜……中午别在食堂吃饭吧，我请你去画布吃西餐，那儿的比萨饼不错。樊露说。我连忙摆手说，要吃饭也是我请你，去画布随便点。樊露收拾自己的挎包，说，那倒不用，我还有件事想跟你说呢。

我心里一动，立刻顿悟这可能才是她喊我来的正题，就问，什么事？你现在可以说。她欲言又止似的，说，记得你在大学读的是政法系，你帮忙分析分析，假如有个女人，曾经有过短暂婚史，然后说自己未婚，嫁给了转业军人，你说算不算欺骗军婚？我想了想，摇头说，不算。樊露眉头一皱，欺骗军人感情，怎么就不算了？我说，或许她已经跟男的坦白了，并取得了谅解，我们外人不知道而已，更何况她嫁的是转业军人，破坏军婚的对象必须是现役军人。樊露嘴一撇，充满不齿地说，她那么会花言巧语，怎么可能坦白？我笑着说，说的这人好像我认识似的。樊露眼神复杂地看了看我，说，你当然认识。我感觉自己像是要走近一潭深渊，就压住话头。在饭店的工作经历告诉我，想独善其身，就不要探听别人的是是非非，更别相信流言蜚语，否则只会自找亏吃。

好吧，就算这不是欺骗军婚，如果更改档案呢，算不算欺骗组织？樊露又问，她的眼睛瞪得很大，当她一脸严肃认真的表情时，竟然显得特别漂亮。我沉思一会儿，说，不一定，以前的档案不严谨，书写不规范，把年龄搞错也是常有的事。哼，和你想的不一样，不是上学时候搞错的，是成年后蓄意更改的，将出生年份1969改成1974，老黄瓜刷绿漆，好在转业军人面前装嫩！樊露说着愤愤不平地拍了下桌面，真狠啊，改自己年龄一点也不手软，现在竟然比我还小一岁！

我明白了，她说的还是同一个人，不知何故要揪住人家的问题不放。如果有人来办公室调阅人事档案，你可得瞪大眼睛，靳总刚到饭店来，对情况不太熟悉，你可别帮着人家欺骗组织。樊露突然抓住了我的胳膊，声音里透出一股狠劲儿，人简直有点失态。

你说的是谁啊？我到底没克制住，脱口而出地问。

你呀，就是太单纯，想想谁把靳总的大腿抱得最紧？樊露看着我，脸上露出一副怒其不争的表情，饭店里的中层人员里面，除了客房部的那个浪人，别人谁能干出这种龌龊事儿，让军人当接盘侠！

　　我终于恍然大悟，樊露说的是客房部经理李艳秋，出名的泼辣风骚，被誉为"淮河三浪"之首。

2

我们饭店新建的大楼停工已久，只能靠三号楼一百多间客房和餐厅二十多个包厢维持经营，苟延残喘，勉强续命。靳总刚接任饭店老总时，信心满满，想一张蓝图绘到底，把新楼搞起来，勇创四星级酒店。经过一番审计，摸清家底，才知道饭店外欠账高达两千多万元，每月的贷款利息都无法支付。而新楼的建设工地，如同一台瘫痪的巨型机器，要使机器重新发动起来，需要大笔的钞票往里投，他也无计可施。每天早晨上班，他最关心的事情是财务部经理阮小琴送来的前一天的饭店收入报表，甚至亲自核算利润，只要饭店能生存下去就好，仿佛那幢建到一半的新楼与他无关。

饭店的正式职工人心浮动，都知道这样干耗着肯定不是办法，无疑是走入穷途末路。甚至有人私下议论应该考虑扫尾事宜，比如饭店在淮河路家属院的房产证需要加紧办理，还有市区两处三四千平方米的房产在对外租赁，未来处置也会有一笔不菲的收益，因而备受关注。靳总每天都要开个简单的晨会，但会上七嘴八舌讨论半天，所有事情往往都是议而不决。一种忧心忡忡的惶恐情绪在饭店弥漫，只有靳总沉得住气。这天晨会，他因为看到后厨柴油灶上的水龙头没关紧，抓住"跑冒滴漏"的问题，慢条斯理地说了二十分钟。特殊时期，你们觉得我说得对吗？靳总喜欢用反问句式，动不动就反问，好像一反问他就很在理似的。下面的人急得直翻白眼，现在饭店背负的利息，相当于每天开门扔一台轿车，靳总却在谈论水龙头滴水。当然，他可能认为轿车不是他扔的。我假装上厕所，提前回到办公室。

　　过了一会儿，阮小琴推门进来，笑嘻嘻地冲我伸下舌头，她像是早就看出我是借故离会。搞财务的人眼里最揉不得沙子，她曾跟我说过，饭店的同事去财务部报账，离她三尺远，她轻轻瞟一眼发票，就立刻知道哪些是真正过硬的票据，哪些可能藏有猫腻。换而言之，她是个精透的人。拿我来说，在饭店门口商店买办公用品，稍带拿包玉溪烟，让老板将发票开在一起，报销时都不敢看她的眼睛，领了钱就跑。

　　陈主任，最近有些人在搞事情。阮小琴神秘地低声问道，你听说没？

她说得语焉不详，我心里却一沉，想起樊露跟我说的事情，我一直守口如瓶，回家连妻子罗兰都没提半个字。搞事情？没听说啊！我故作镇静。

办公室是中枢机关，难道反而灯下黑？阮小琴微微一笑，还是你装糊涂？

搞事情不好吗？现在饭店缺的就是会搞事情、能搞事情的人。我打着哈哈，不想接她的话茬。

我说的搞事情不是这意思。阮小琴眨了眨眼睛，是有人在搞小动作，背后捅刀子，如果真的有灯下黑，你就调暗灯光，收敛光芒，自然会发现端倪……她说话的时候，门口走廊响起一阵零乱的脚步声，可以想见靳总主持的晨会结束了。你这只茶杯真好看，可惜泡的茶叶一般，"大叶片"！阮小琴说。我知道她想装着我们在漫不经心地聊天，就附和她说，山里人把这茶叶叫"老茶瓦"，比你说的好听多了！

走廊的脚步声息，阮小琴忽然身子一倾，俯到我耳边说，靳总有没有让你查阅饭店中层人员档案？

没有。我心里一怔，更加确信她指的是樊露说的事情，李艳秋改年龄嘛，其实我真的觉得这情有可原，不值得大惊小怪。刚才会上看到李艳秋，她表情很平静，眼影画得很重，双眼宛若秋水，非常美艳。她是饭店唯一一个开会不带笔记本的人，历来两手空空，好像她的脑子特别好使，会上的内容都能记住。饭店前任老总阮大珍经常说她，好记性不如烂笔头。不过，面对阮总的批评，她总是露出勾人魂魄的迷人一笑，阮总也就投降了。

如果有人看档案，我提醒你一件事，咱们饭店有的人第一个学历是高中，然后有个党校本科学历，中间缺少大专，属于学历断档，那个党校本科算不得数。阮小琴说，不要别人一说自己大学本科毕业，你就相信。

我越听越糊涂，看来她说的不是李艳秋，我知道李艳秋是本市的卫生专科学校毕业，正经的大专学历。我皱皱眉头，故意装傻地问，既然有党校本科文凭，为什么算不得数呢？

阮小琴气呼呼地说，这你也不明白，因为她在报名读党校本科的时候，肯定谎称自己有大专文凭，属于弄虚作假取得的入学资格，所以严格地讲，那个党校本科学历应予撤销。

我真没看错阮小琴，她果然精明透顶，分析得鞭辟入里，我无话可说，只得连连点头。不过我心里拿定主意，这次绝对不问她是谁，任她说去。

你戴的手表是什么牌子的？阮小琴像是没话找话。

我晃了晃手腕，说，国产的天王表，看着像劳力士。

哈哈，真丢人，手表也捡别人的。阮小琴摇头大笑，难怪这么多年在办公室没有丢，原来是块仿版劳力士！

我不知她想说什么，像是有所指，又像是胡言乱语。我收拾桌上的一堆材料，靳总安排写给市里的汇报写到一半，顾不得这般闲聊。

阮小琴忽然面含一种不屑的微笑，说，打死你都想不到，这个学历断档的人，有一次跟阮总出差，夜晚不知和阮总搞什么勾当，竟然趁阮总睡着时，将他价值七万多元的劳力士手表偷走了，我怀疑她给阮总下了迷药！

我脑袋嗡嗡响，这么生猛、刺激的事儿可是头次听说，脱口而出地问，你说的是谁？问完我就后悔了，恨不得抽自己一个嘴巴，我瞬间意识到阮小琴说的都是二手消息，作为失主的阮总都没跟我提起过，我何必相信这些。

你那个樊姐姐。阮小琴鄙夷地说，在一间办公室坐了几年，你就长点心吧！

我不知说什么好，回首往事，刚到饭店工作的时候，阮总的确戴过一块劳力士手表，表盘的莹莹绿光，我一度非常羡慕。不知什么时候，那块手表的确从他手腕上消失了。

3

　　上面给我们饭店一个升职指标，要在中层人员中提拔一名副总经理。有三个硬性条件，四十五岁以下，大专以上学历，担任中层职位两年以上。真悲凉，可能我资历最浅，明显不属于目标人选，竟然最后一个知道消息。告诉我的是妻子罗兰，她在客房部当副经理，是李艳秋的副手。罗兰在家里说的话大多是闲言碎语，八卦绯闻，一般我都姑且听之，并不往心里去。可是联想到樊露和阮小琴跟我说的事情，我立刻意识到这消息绝对不是空穴来风。消息是谁放出来的，简直像个谜。

　　早晨上班，我刚泡好茶，服务员傻妞给办公室送来一摞报刊和信件。那些信件绝大多数是各种广告，我一般看看信皮就扔了，根本不用拆开。但这回我一眼就发现有封信与众不同，收件人是"淮河饭店办公室主任"收，落款写着"内详"两个字。人所共知，"内详"往往含有紧要、隐秘的意味，还没见过哪封广告信件会写着"内详"。我拿剪刀剪开封口，里面是薄薄的一页纸，打印字体：

　　去年九月淮河饭店向外处理一台旧锅炉，收益人民币一万元，这笔收益没有入账，被财务部经理阮小琴贪污。请饭店领导查证，并给予阮小琴撤职处分。

　　我几乎不敢相信自己的眼睛，信件下面还写着"寄信人：李艳秋"。

　　可惜我不是警察，不然真想提取这封信上的指纹，和饭店人员的指纹比对比对，看看到底是何方神圣炮制的。无疑，这个人很通晓内情。饭店卖旧锅炉的事情我知道，曾经上过办公会议，但未入账的事情，绝对只有财务部的人才知道内情，我作为办公室主任都不得而知。并且，明眼人一眼即看出，信上所述内容，言简意赅，却可以判定真实性八九不离十。

　　我正犹豫着，要不要将此信向靳总汇报，他打来了电话，只说了三个字，来一下。

靳总办公室的沙发上坐着李艳秋，像是刚刚哭过，手里还拿着纸巾。我进去她连眉毛都没抬一下，仿佛我根本不存在，嘴里嘟囔道，谁不知道我跟小琴关系好，以前脚踏摩托车我俩都共同买一辆，轮换着骑，除了老公，其他东西都不分彼此，我怎么可能举报她！

靳总递给我一页纸，问，你收到一封信没有？

收到了。我瞟了一眼，说，这应该是一封虚构的信。

李艳秋立刻站起来，掐住我的手使劲摇晃，嚷嚷道，我说吧，不是虚构，是超级虚构！是不要脸的诬陷！别看陈主任年轻，还是你明白事儿！

你坐下，别激动。靳总摆摆手。

李艳秋抽答着鼻子，拖着哭腔说，老娘十多年没摸过笔了，都不会写字了，怎么可能写信？

靳总摇摇头，叹着气说，又没说是你写的，这不是电脑打印的嘛！

电脑我也不会玩啊，我只会在电脑上扫雷、翻扑克，哪里会打字？李艳秋声音又高了起来，她不停地用纸巾揉眼睛，浓重的眼影都花了。

正说着，阮小琴从门外走了进来，脸色气得像饭店的床单一样白，说，听说你们都收到举报信，不知道哪个王八羔子放的冷箭，旧锅炉的确卖了八千块钱，不是没入账，是还没来得及入账，说我贪污是他妈放屁！

靳总声音冷冷地说，阮经理，没想到信上说的竟然是事实。

什么事实？阮小琴忽然一拍桌子，像是豁出了一切，愤愤地说，靳总，你搞工作不可以这样干，今天信任这个，明天又信任那个，你懂不懂用人不疑，疑人不用？把饭店搞得鸡飞狗跳，乌烟瘴气，想想是谁的责任！你查吧，我根本不怕！

李艳秋也站起来，附和说，是的，靳总，你真的不能这样干了！

我连忙拖住阮小琴的胳膊，将她拉到我的办公室。她使劲扭动着身子，没想到女人发起怒来劲儿竟然那么大，像一头母豹。

4

我真想把新楼炸掉。靳总站在办公室窗前，抱着双臂说。

新楼只是一栋乌青色的水泥框架，和房地产商开发的长满杂草的烂尾楼无异。我明白他的意思，如果没有这幢新楼，饭店很容易整体出让，新楼建设已经投入两千多万，反倒大幅增加了资产，成了一种拖累。饭店的人也说，假如能够重新开始，不如在新楼的地盘上开发一幢住宅楼划算，饭店肯定可以赚不少。

我真不该来饭店。靳总左右晃了晃他那有颈椎病的脖子，发出咔咔的声响，今年是我的本命年，我算是信了，本命年不宜调动工作。

听说饭店准备提拔一名副总？我说。

靳总鼻子哼了一声，这事儿我只跟班子成员讲过，让他们酝酿酝酿。

外面有很多议论、杂音……我吞吞吐吐地说。

靳总叹口气，说，我也没想到搞成这个局面，庙小妖风大，说得真不假。

我说，选人用人，还是应该快刀斩乱麻，不然越搞越乱，说不定最后矛头还指向你。

靳总的眉头跳动了几下，重重看了我一眼，说，你说得蛮对。

每个人都应服从于他的角色，他的本分，如果胡乱折腾，受伤害的只能是自己。靳总像是喃喃自语，又像是说给我听。

我对淮河饭店的理解也真是肤浅，不知道他们明天又会搅扰到谁，又会翻检出什么，这才是我面临的最大问题。靳总扭扭酸痛的腰肢，像是发自内心地感喟，我只看到了淮河水面的浮萍、水岸的芦苇，而没有看到水下的怪鱼、水鬼。

我含糊其词地说，我之前也以为很了解饭店，其实不然。

特殊时期，你不要受别人影响，这很危险。如果被外界的刺激穿透你的内心，不自觉地用别的思维方式看问题，所有事情都会变得面目全非。靳总犹如一个思想家，沉吟道，他们无论怎样折腾，在我看来，如同孩童在淮河边蹚水、作浪，无法改变淮河水流的方向，最多只是让人败兴而已，难道不是吗？

靳总的反问句，一般不需要回答。我对他心生敬佩，他并不是一个呆板、固执的人，他仍然有最敏锐的心智，最透彻的灵魂，配得上饭店的老总职位。

闻到没？窗外桂花分外香。靳总深深吸了一口气，又长吐出来，像是排遣掉某种疲惫、劳神、沮丧的情绪，空气这般沁人心脾，哪有他们说的乌烟瘴气？

我不知说什么，脑子里走神了。

陈总，我已经想好了。靳总脸上像是刮过一阵春风，忽然声音异样地说，这个指标就给你，不管他们怎么闹腾，对我来说都如众声喧哗，置之一笑。

幸福来得太突然，我感到浑身发颤，大脑一片空白，心情悲喜交加，激动得几乎难以自抑。不行，我担任办公室主任刚满两年，别人会说这个指标是为我量身定制的！说完我就后悔了，真不知道自己何时已在心里根据提拔人选的三个条件对标盘算过，我内心欲望的真相刹那间展露无遗，难道是夜里睡着的时候想的？天知道这几天我都经历了什么。

靳总摆摆手说，我们不再谈这事了，只能引起新的不快，增加麻烦和痛苦。

我并没有企望……我忍不住辩解道。

　　我们都不是这样的。靳总在办公室里来回踱步，意味深长地说，不管以后你在任何时候、任何地方，都别忘了咱们的淮河饭店，还有这些难以用语言描述的同事。

　　怎么会忘? 人大体上永远是自己。我说，真正的遗忘绝非轻而易举之事。

第八章

孤行

1

　　生命中没有什么要紧之事比一份旱涝保收的稳定工作更为重要。罗兰咬文嚼字说这话的时候，脸上郑重其事的神情令我想发笑。记得当初我俩大学毕业刚到淮河饭店入职，她那么不情愿，看不上这个国有饭店的所谓"铁饭碗"，一心想去南方闯天下。现在十年过去了，她已经和饭店正式女工没任何区别，事业编制的身份像是融入了她的血液，并成为她引以为傲的人生标签。然而，这年春天她的饭碗被砸了。上面传来消息，对淮河饭店进行改制。饭店职工听到"改制"这个词儿有点很陌生，感觉好像不是太糟糕。令人猝不及防的是，我们还没来得及琢磨透它的意思，靳总亲自打电话通知饭店的客房、餐饮、酒吧和商店立即停业，除了中层以上人员，其他人统统回家等消息。

　　罗兰是客房部副经理，自然在"回家"之列。我以为对她来说，这是个放飞自我、休息调整的好时机，可以轻松玩一阵子，可她并不这样想，整天满面愁容，茶不思、饭不想。她不知不觉地走神，自己端杯喝开水，竟然将嘴唇烫个泡，看着让人心酸。有帮人撺掇她一道去市里上访，说上面拖欠饭店的巨额招待费导致破产。我劝慰她说，我是饭店的副总，有我吃的，就不会让你饿着，别跟着瞎起哄。她冷着脸说，你是你，我是我，都什么时候了，还提你的副总，能值几毛钱，真不嫌丢人。那天晚上儿子睡着以后，我用指尖挠挠她的胳肢窝，这是想贴近她的暗示。她一挥胳膊肘，捣在我的鼻梁上，说，饭店都垮掉了，你还有这心情，和个畜生有何异？我的鼻梁骨差点被打折，那猛烈的酸疼滋味宛如灵魂出窍。

　　上面给饭店成立一个改制组，并派来个姓傅的女组长，靳总任副组长。傅组长大约有五十岁，留一头齐耳短发，肤色细腻白净，保养极佳，看上去干练而优雅。她先给饭店班子成员开个会，说改制工作分两块，对外将饭店挂牌出让，对内给职工买断身份安置。靳总献了个馊主意，建议饭店班子成员率先垂范，每人联系三名正式工，说服其在安置协议上签字，给安置工作开个好头。傅组长极为赞同，点头说，淮河饭店虽然改制了，如果大家能把这个头带好，我给上面汇报，工作调整时保住大家的级别和待遇，不然的话……傅组长微笑着补充道，就难说了，败军之将，一切皆有可能。傅组长的话里面绵里藏针，明显含有某种威胁，却又不容讨价还价。她和靳总一唱一和，我揣摩大约是提前谋划好的。

其他人还在迟疑的时候，我快速将饭店职工全部琢磨了一遍，选了妻子罗兰，还有她玩得最好的闺蜜、客房部女服务员白雪，相信罗兰可以帮我使上劲，第三个是电工房的刘书青，性格随和，说服他比较容易。生活经验告诉我，这种攻城拔寨型的工作，历来胳膊扭不过大腿，早点配合为上策，而且发自内心来讲，我对饭店副总这个职位极为珍惜，它是我的心尖肉，是我的命根子。罗兰说生命中没有什么比稳定的工作更为重要，我觉得生命中没有什么比副总职位更加重要。靳总看了看我报的名单，笑着说，好吧，你这软柿子挑得不错，既然如此，回去跟罗兰说，让她第一个签字！

傅组长又主持给饭店中层及以上人员开会，然而这次会议不太顺利。她介绍了买断身份的补偿标准，按工作年限补偿，人均大约五万块钱，下面开始嗤鼻、骚动，接着窃窃私语，慢慢像一锅煮开的水沸腾起来。有人问，上面欠我们的一千多万招待费怎么办，不能没个说法。立即有人附和，如果这笔钱拨付到位，饭店就可以重新崛起，完全用不着改制！傅组长不以为然地说，你们是主管部门的下属单位，主管部门相当于老子，欠你们的钱，相当于老子欠儿子的，哪有儿子向老子追债的道理？没承想这句话激怒了客房部经理李艳秋，她腾地站起来，用手指着傅组长说，邓小平说他是人民的儿子，而你说你是我们的老子，你要脸不？会场哄堂大笑，还有人鼓掌。坐在傅组长旁边的靳总示意我把李艳秋劝出会场，我刚走过去，李艳秋一掌推开我，抓起桌上的白瓷茶杯向傅组长抛去，哗啦一声茶杯摔得粉碎，溅了傅组长一身茶水。靳总低吼一声，出去！傅组长气得浑身直颤，脸色一会儿青一会儿白。

2

　　我从菜市场买了一兜大闸蟹，这是罗兰和儿子阳阳最爱吃的。回家将李艳秋摔茶杯的事情讲给罗兰听，她一边刷洗大闸蟹，一边兴奋得两眼放光，嘿嘿笑个不停，说，李艳秋真是好样的，太解气了！看着她难得灿烂的表情，我却心里发凉。螃蟹蒸好，趁她掰蟹钳蘸醋的时候，我说，有件小事，我得跟你商量。罗兰语调温柔，笑眯眯地说，咱们家小事不用商量，都由你做主，大事再由我定夺。我说，事虽然小，还是商量一下才好。罗兰似乎有点警觉，她停止了手里的动作，问，什么事？我说，今天饭店开了会，让班子成员每人包三名职工签安置协议，这是硬性任务，我包的你、白雪和刘书青，协议我拿回来了，你看看，大差不差的，就第一个签吧，也是支持我的工作。说着，我从包里掏出一份大红色的《职工安置协议书》。纸张颜色是靳总亲自选定的，他说大红色显得喜庆，好像被买断身份是件值得庆贺的事情。

罗兰问，赔我多少钱？我说，你还年轻，工龄不长，核算下来补偿三万八。她就把手里的螃蟹一扔，瞪着眼说，这叫小事啊？那你说说，这辈子你干过啥大事？这点钱想把人打发了，我绝不同意！我说，政策对每个人都是公平的，反正早签晚签都得签。罗兰抓起协议书，看都没看揉作一团扔进垃圾桶，说，你别包我，我不用你管。我捺着性子说，你是我老婆，我不包你，难道让别人包你？罗兰眉毛一拧，正色道，对，就让别人包我，你离远点！我不敢再说下去，怕她把桌子掀了，只得悻悻作罢。

以前淮河饭店营业的时候，她像个半老徐娘，每天涂脂抹粉强撑着，看上去还风韵犹存。停业后的一夜之间，像八十老妪失去了化妆的意义，精气神也没了，一下子露出没落衰败的气色。院子里没有人，停车场也空荡荡的。听说有人在买白布，往上面写刺目的标语，好拉扯着去市里上访。我早上按时到办公室上班，对我而言饭店像一个洞，我则像一条虫子，除了习惯性地蜷缩在洞里，也没别的地方可去。我上楼梯的时候想，越是这种时刻，越要振奋精神，将办公室打扫得窗明几净。我掏钥匙捅开办公室的门，一按电灯开关，瞬间傻眼了，办公室依然沉浸在昏暗之中，电源被掐断了。愣了一会儿，看着办公桌上的灰尘，我也无心擦拭了。

路过靳总办公室门口的时候，我朝门上砸了一拳，原以为他肯定不在，没承想竟将门砸开了。靳总正躺在沙发上假寐，闭目养神，他被吓得腿一哆嗦。看到是我，又将眼睛闭了片刻，才坐起来，淡淡地问，你听到什么消息没有？我想说有人想纠集着去上访，想想又忍住了，虽然我支持改制，但我也不想站在职工的反面，做个告密者。没有。我答。靳总用脚在地上找鞋子，他的头发有些乱，看样子躺了很久，大约昨夜未回家。他起身摸开水瓶倒水喝，瓶子是空的。我想给他烧一壶，又想起办公楼没电。

你包的三个人的进度怎么样？靳总问。

我说，罗兰的工作很难做，碰了钉子。

靳总皱了皱眉，说，你想一想，如果一个男人在家庭里都没有控制力、统治力，自己的老婆都搞不定，就算将你放在重要职位上，让你挑担子，你如何领导一个单位，如何领导一帮外人？

我心里一震，真痛苦，饭店要倒闭了，不然跟着靳总干下去，相信从他身上还可以学到很多东西。

靳总收拾自己的公文包，这动作像是下逐客令。果然，他淡淡地说，你去做工作吧，协议签不下来，可以先不用来饭店了。

我转身就走，那一瞬间差点想流泪，靳总的话如同刀子扎人心。虽然我还是饭店的副总，大概在他眼里已经站在了失业的边缘。然而我不能这么早就回家，否则在罗兰看来和失业有什么两样？我想到了她的闺蜜白雪，那是她在饭店处得最好的玩伴。听罗兰说，白雪下岗以后在东亚商场的地下超市做收银员，我想去找她探探口气。

上午九点多钟，超市刚开始营业，没什么顾客，我一眼就看到了站在收银台前的白雪。超市的工作服又松又肥，显不出身材，使她看上去没有在淮河饭店当服务员时精神、漂亮，平添许多老气。其实如果不是情势所逼，就算她和罗兰玩得好，我也不好意思单独去见她。她以前跟饭店前任老总阮大珍纠缠多年，听罗兰说如今她还跟单亲母亲住在一起，三十多岁的老姑娘了，择偶越来越难。别人给她介绍过几个男朋友，不知何故谈着谈着人家就不谈了，只说不合适，搞不清楚男的是不是听到了关于她的一些风言风语，慢慢地白雪的心就冷了。她跟罗兰说这辈子不嫁了，单身挺好的。看着她正在一丝不苟地整理收银盒里的零钞的样子，我心里真有点同情她。

　　我从货架上拿了两箱酸奶，递到白雪面前，说，美女经理，给我打个折吧？

　　她一抬头，看到是我，扑哧笑了，陈哥，你怎么来了，罗兰呢，超市不是我家的，可没权力打折。

　　她说话的时候，我忍不住看她的门牙。几年前她因为去捉阮总的奸，门牙被阮总盛怒之下用皮带打掉一颗，真担心她会因此而毁容，还好，她笑的时候皓齿如贝，看起来完好无损，仿佛从未受过摧残。我一边付钱，一边跟白雪说了饭店改制的事情，告诉她我负责联系她签字，可以领取四万二的补偿金。

　　她先是眉头一蹙，继而笑着说，陈哥，上班时间不方便说这些事，你放心，只要罗兰签字，我立即跟着签，不会为难你，放心吧，罗兰没事让她找我玩。

　　她这番话，虽然拒绝了我，却也入情入理，我无话可说。

3

东亚商场门口有家发廊，旋转着一根红、蓝、白三色相间的花柱。本市有两项服务的价钱一样，那就是洗车和洗头，不用问价，一律十元。回家时间还早，我拐了进去。女店员正靠在转椅上喝一杯奶茶，让我想起刚才买的酸奶忘在了白雪那里，心绪真是乱得很。我往躺椅上一躺，说，洗个头。女店员放下奶茶，走过来放水，她一边试水温一边问，老板用什么样的洗发水？我知道这是坑，就说，用最差的。她又问，你要不要洗个面？我说，只洗头，不办卡，不掏耳朵，也不剪发。女店员笑了起来，用手掐了下我的脖子，她意识到我是个死活只掏十元钱的主。

水温很烫，我懒得提醒她，当她用花洒喷水淹没我眼睛的时候，我紧闭着眼睛，心情却悲伤起来，如果想流泪，我觉得可以这个时候流出来，与水混在一起，别人也不会发现，不过我没有眼泪。我问她，姑娘，你有男朋友吗？她愣了一下，像是觉察到我不怀好意，轻声说，孩子都上幼儿园了。嗯。我看女人向来不准，也不会判断年纪。你好年轻啊！我说。她嘴一抿，没有搭理我。

擦头发的时候，我又问，向你请教一下，假如你老公央求你办件事，你寸步不让，那他怎么做，你才会答应？女店员这次灿烂地一笑，她可能觉得我并不是个轻薄之人，很痛快地说，给我钱！只要钱给够数，我自然会答应。嗯，很好，谢谢指教。我眼前像是豁然开朗，这个头洗得值。

路过家门口的银行，我将这多年偷偷攒的三万块私房钱取了出来，本来存的定期，马上年末就有一千多块利息，也顾不上了。将这沓现钞揣在怀里，硬邦邦的像块砖头，我回家的心情隐隐地激动起来。

我用脚大力踹门，罗兰趿着拖鞋拉开门，满脸的不悦，说，使那么大劲干吗！趁其不注意，我一把将她抱住亲了一口，哈哈大笑说，罗兰，我们发财啦！她用手擦了擦脸，鄙夷地说，你疯了吧？我说，真的，真的发了笔横财！说着，我从包里掏出《职工安置协议书》，把笔往她面前一摔，签！这回必须签！她一脸疑惑，没有理会。我又从怀里扯出那三万块钱，朝餐桌上一拍，装着兴奋无比地说，这回赚大发了，你知道吗？靳总对我真不错，从上面搞到了专项经费，跟我说让你第一个签字，秘密给我们三万块奖励，唯一的条件是，千万不可以说出去，全淮河饭店只有我们享受这种待遇！

我眼睛不看罗兰，唰唰唰地清点票子，像是生怕哪一捆不够数。在我还没数完的时候，罗兰软中带硬地说，除非三万块钱都给我，你一分别向我要，我就签字！我心里怦怦直跳，脸上却装着无比痛苦，说，你这也太狠了吧？没有我哪来这笔奖励？靳总说是奖励给我们家的。罗兰越发嘴硬，必须的。钱我也数不下去了，表情沮丧地说，行吧，给你不也等于给我吗，你真傻。罗兰一把抓过那三万块钱，立刻就在协议书上签了字，嘴里说，那可不一样，这是给我买断身份的钱，自然是给我的奖励，与你有一毛钱关系？

可以看出，罗兰虽然假装冷漠，其实还是高兴的，眼神里有掩饰不住的光彩。接阳阳放学的时候，她破天荒地问我，中午你想吃什么？声音里透着无限温柔。我想了想说，你给我买条玉溪烟抽吧，就这点小小愿望！她嘴一撇，最多可以买一盒，吸完了就戒！

我捧着罗兰签字后的协议书看了许久，心里喜忧参半，虽然付出的代价惨重，但收获了淮河饭店的第一份安置协议书。私房钱给了罗兰，说到底也还是肥水不流外人田。

那天傍晚，我给电工刘书青打个电话，到他家喝了顿酒。他老婆长得特漂亮，可惜由于他在淮河饭店下岗，老婆跟他离婚，并且在跟他追讨儿子的抚养权。生活各有各的艰难、痛苦和不幸，我俩都喝得酩酊大醉的时候，他极为痛快地签了字。

4

　　第二天罗兰逛街回来，手里竟然拿着一部温润如玉的三星手机。我问她，哪来的？她说，买的，难道你希望有人送我啊？我气不打一处来，多少钱？六千多，我也心疼，但喜欢就买吧，女人就得对自己狠一点。她笑嘻嘻地说。我差点吐出一口老血，真把她看错了。那三万块钱，我以为她会作为家里的积蓄小心翼翼地存起来的，没想到她真当意外之财了，挥霍起来眼都不带眨的。

　　饭店的挂牌出让有了进展，靳总张口闭口都是"淮河文旅"，仿佛这是他的救星。听说这家名叫淮河文旅的公司率先向财政账户缴纳了一千万拍卖保证金。这绝对不是忽悠，能缴纳这笔巨额保证金的公司肯定是既有诚意又有实力的买家。然而饭店职工好像并不关注这些，无非是老板们资本的游戏，拍卖价格无论贵贱他们也得不到一分。他们多次到市里上访，要求提高补偿标准。一部分率先签订安置协议书的职工，成了大多数职工眼里的叛徒。罗兰吓得每天闷在家里，用补偿金在网上购物，快递包裹把客厅搞得像个货仓。

靳总给我打电话，说在我家门口，让我去见他。正式工一个不留，全都要买断身份，所以连饭店的司机也下岗了，他的座驾由他自己开。我跑到楼下，他拎着一只硕大的牛皮公文包从车上下来。我有个东西要给你看。靳总说，他拉开公文包开始翻找，拨弄半天没有找到，就把里面的零碎掏出来放在引擎盖上，竟然有饭店的公章、计算器、量土地的钢卷尺，然后又翻出土地证、资产评估报告、审计报告、改制方案一堆材料，还扯出一沓钱，半包茶叶，他简直把所有办公的家什都塞进了牛皮包，好像走到哪里都可以随时办公。最后，递给我一份皱巴巴的文件。

那是一份省直单位面向全省联考招录公职人员的通知，复印得歪歪斜斜。你回去好好看看。靳总的眼睛从他的眼镜上方看着我，这是老年人才会有的动作，他竟然已经学会了。93家省直单位招录工作人员602名，你可以参加考试搏一搏，虽然你工作推动得不错，饭店改制结束以后上面也会安置班子成员，但估计不会太理想，改制单位的领导很难受到重用，包括我的去处也很难说。这是一次难得的机会，你还年轻，不能在一个失败的集体里固守、干耗下去……

我不知说什么好，愣在那里，如同凝固在风中。靳总一样一样把引擎盖上的东西塞回牛皮包，见我无语，他又问，你在饭店一共干了多少年？我说，十二年。他点点头，嗯，你每一步都很扎实，如果饭店不倒闭，以后你有可能接任总经理的，不过现在说这些都没意义了，人只能顺势而为，但关键时刻也要有置之死地而后生的勇气。

车子发动后，靳总又摇下车窗补充道，白雪的工作要抓紧做到位，傅组长对你印象很好，很赞赏你，你懂的。

我将那份文件揣进屁股兜，怕罗兰看见。虽然我知道靳总对我不错，也替我着想，但这次见他，感觉像被他从背后打了一闷棍，半天缓不过劲儿来，浑身疲软无力，痛在心头。

我再去东亚商场的超市找白雪，她好像等候已久。我还没开口，她说，陈哥，你去商场门口的左岸咖啡找个位子，我马上来。

我心里挺高兴，白雪主动要求在咖啡店里谈，说明她愿意推动安置进展，不然岂不是白白让我破费。我一咬牙，点了两杯最贵的蓝山咖啡，还有夏威夷果、荷兰曲奇饼干。

白雪换回了自己的绿呢子大衣，还戴了顶毛线帽子，脚步轻盈地走了进来。陈哥。她微微一笑，但那种笑看上去是抿嘴即可自然形成的，而不是发自内心。

你点了这么多东西？上班时间又来打扰你。我说。说实话，她戴帽子的样子不仅漂亮，还有点冷艳的气质，这样的姑娘嫁不掉，也真令人感慨。

打搅没有关系，关键是你得对我有真心。她说。

她的话非常唐突，听上去好像还有点暧昧，令人不知所措。我顾左右而言他，说，喝咖啡，蓝山的确味道不一样。

她将咖啡杯抱在手里，像是更喜欢用那杯子取暖。

我想了想说，我包你，就是没把你看外，咋能说不真心呢？

我跟罗兰玩这么好，你怎么忍心这样对我？她斜着眼睛看我，脸上浮出一种满含深意的神情。

怎么了？我心想，你的乱七八糟的事情我从未在外面乱说，有人问起我也佯装不知，而且也没有看不起你，否则不会同意罗兰跟你走得这样近而不加干涉。

我绝对……我不知说点啥了，有点像喃喃自语，你的安置问题，我肯定会力所能及地负责到底。

陈哥。白雪摇头直笑，然后神色一正，你别装了行吗？对我好不好，你自己心里真没点数吗？

真尴尬，我心想你是饭店前任老总的人，又是我老婆罗兰的闺蜜，我能怎样对你？跟你保持距离，敬而远之，是我的本分。如果把话说透了，我从来就没想过要对你好，一切都无从谈起。

我心里……我竟然口吃起来，端起咖啡喝了一大口。

如果你真对我好，怎么能欺骗我，不怕我伤心吗？白雪问。

我没有……我越听越发愣。

你知道吗？我跟罗兰两个玩得不分彼此，前些年我境况好的时候，她穿的衣服、鞋子、背的挎包，甚至面膜、口红、粉底，还有丝袜，你知道我送给她多少东西吗？你知道我对她有多好吗？她的情绪激动起来。

我不知你说的什么……我彻底糊涂了。

我说的不是四万二的补偿金。白雪侧身去翻报刊架上的杂志，对于桌上的干果和点心，完全一副熟视无睹的表情。她浏览那些铜版纸的时尚杂志，目光却飘忽不定，忽然她把杂志一扔，声音发颤地说，我对罗兰掏心掏肺，而你呢？

你想让我怎么做？我低声问。

私下也给我三万块，我都想好了，两万九千九百九十九元我都不会签的！说着她站起身来，拍拍绿呢子大衣的下摆，一副摊牌后要离开的姿态，你家罗兰都跟我说了，还是她对我有心，我的要求跟她一样，这不算过分吧？

第九章

聚 会

1

　　我在淮河饭店的生活像一段隐私，从未与人分享。到省城工作以后，和朋友在饭店就餐，听着他们不着边际地点评某些菜肴味道不佳的原因，越说越离谱，我能像淮河饭店的头灶师傅一样，不伸筷品尝就能点出它的问题所在。我的新单位在酒店主办会议时，看到服务员像无头苍蝇一样手忙脚乱，我能随口指出她们哪些细节存有纰漏，差错即将出现。别人茅塞顿开之时，我也意识到这些举动无疑会将我曾经供职饭店的经历出卖。当然，这并不是要刻意隐瞒自己的过往，而是我不愿意再与过去发生纠葛和联系。逃离蜘蛛网的昆虫，大约都不愿意再回首那张网。

　　这天我接到一个从 X 市打来的电话，还没说话，先哧哧笑了起来，是个女声，我以为是打错了，正要挂掉，对方喊道，陈哥，你能猜到我是谁不？我心想，这是典型的电信诈骗的套路，但"陈哥"这两个字又被她蒙对了。你是哪位？我捺着性子问。真的听不出来？对方的声音透出一种天真无邪的腔调。你打错了。我要挂断。对方笑嘻嘻地说，我是郭萍啊！我粗声说，我不认识郭萍。对方这才急急地说，傻妞，我是傻妞，你真不记得了吗？

往事一下子浮在眼前，我想起来了，她是淮河饭店总经理阮大珍办公室的专属服务员，虽然阮总叫她傻妞，其实人很机灵，给饭店老总收拾办公室，说实话一般的服务员阮总还真相不中。在饭店的时候，我们跟着阮总喊她傻妞喊习惯了，乍一听到真名反倒有点陌生。

我们阮总想请你来饭店给员工上一堂励志课，讲讲你的故事。傻妞说。

哪个阮总？我问。淮河饭店已经被阮总的继任者靳总拍卖，阮总离任以后，我就再没联系上他。

淮河饭店的阮总啊，你不知道吗？傻妞问。

我知道是淮河饭店的阮总，问题是饭店已经拍卖，不是被一家公司收购了吗？我狐疑地问。

哈哈，是被阮总的公司收购了呀！所以我又回到饭店上班了，饭店现在装修得比以前漂亮很多，名字叫淮河国际大酒店……

什么！我差点以为自己听错了。不过很快我心里豁然开朗，像是明白了一切，不由得生出万千感慨，也对阮总更加敬佩。这种资本运作绝对需要非同一般的手段，简直是翻手为云，覆手为雨，普通人想都不敢想的事情。我问，饭店之前改制时买断身份的同事，是不是都回饭店工作了？

傻妞说，没有，只有我一个人回来，其他……也有人想回来，可能阮总另有想法吧，我也说不清。陈哥，别人的事咱不管，本周日酒店文化讲堂第一课，阮总想请你回来当讲课嘉宾，说你这样的人凤毛麟角。你回不回吧。

我哈哈一笑，挂了电话。

这件事在心里犹豫着，没想好是答应还是拒绝。母亲发微信告诉我，父亲便秘快半个月了，希望我回 X 市看看他，并传来了他的照片。父亲咧嘴微笑着坐在轮椅上，右胳膊僵硬地蜷缩在胸前，时刻紧握住手心，像攥着宝石，看上去如同先天残疾，丝毫不知道母亲正为他的便秘忧心。

父亲中风过三次，一次比一次严重。刚开始仅仅是右腿酸麻，我带他去看医生，医生简单询问了几句，轻描淡写地说，你得住院。说着就挥笔填写住院证。父亲毫无心理准备，觉得医生的诊断轻率而荒谬，有诈他钱的嫌疑。他从家里来的时候太匆忙，连茶几上的手机都没拿，因此撇着嘴不以为然地说，我没什么病，你给拿点药吃就可以了，怎么随便就让人住院呢？医生站起来，做了个两腿交叉走路的动作，说，你学着走一下。父亲不服气地跟他学，左腿迈开一大步，然而当迈右腿的时候，他像被人推了一掌，身子猛地一个趔趄，额头差点磕在医生的桌角上。医生揶揄地说，再不住院，你就得抬着来啦！出院以后他还能骑自行车，他大概觉得中风是很丢脸的事情，毕竟才六十出头。遇到不知底细的人，他喜欢假装从没有中风过。第二次是在凌晨，我还在蒙头睡觉，父亲打来电话，一接通就在那边失声痛哭了起来，北洋、北洋……他哭得快断了气似的。我心里一激灵，陡然惊醒，问他，别哭，你怎么了？父亲仍然号啕不止。我吼叫道，别哭了，到底怎么了？父亲才哽咽道，我的腿、我的腿不能走了……那次从医院里出来，他走路开始一走一颠的，每走一步右脚在路上划个半弧形。中风的事实在肢体上的表征如此夸张，他再也无法假装自己没病。而第三次中风，他自己都没发觉，一直在床上酣睡，是母亲在午后发现他有点神志不清，不太对劲。我立即打 120 喊来担架队，将他背去医院。

我决定回 X 市一趟。

当年父母在 X 市买的房子花了二十多万，钱是他们出的，掏干了他们的全部积蓄。但让他们离开寨河镇的路子是我谋划的，那一步真是走对了，现在房子值一百多万。当时根本没想到我以后会离开 X 市，用我父亲的话说，我像毕业离家时一样，再次抛弃了他们。

我使劲用拳头砸门，母亲耳朵有点背，敲门往往听不见。我有钥匙，但不敢擅自开门，怕吓着她。母亲一见到我，笑眯眯地说，恭喜发财！我不解地问，发什么财？母亲说，你父亲的大便通了！我无语至极，母亲可能脱口而出之时找不到合适的词来表达她的喜悦之情，父亲便秘得到疏通仿佛是我中了大奖。

父亲坐在轮椅上傻呵呵地笑，自瘫痪以后，将他放在哪儿就是哪儿，如同坐牢一般。母亲看护着他，则有点像狱卒。他一生严厉，性格倔强，动不动暴跳如雷地发脾气，但病痛侵入他的骨头和血液，像是消耗掉了他的气力，使他变成了蔫巴巴的闷葫芦。如果搬动他的身体，他不知道配合使劲，反而"哧哧"地笑。他以前几乎没给过我笑脸，我们之间形成深深的沟壑。中风以后变得非常爱笑，像是要将一生中所缺失的笑全部补偿回来。他认得出我，嘴里含混不清地"哧哧"几声，能活动的右手还短促地在空中挥舞，口水直淌。

2

心里惦念着周末要去淮河饭店讲课的事，我想提前拜访一下阮总。他离任以后换了手机号，仿佛有意与我们隔绝，隐遁于茫茫人海，这使他身上有种神秘的特质。而他对我不薄，这种情义很难从我心里抹杀。我在街头商店买了两条软包中华烟作为礼物，阮总喜欢抽烟，我猜度对他而言只有烟才能表达最朴素和最诚恳的情感。

淮河饭店的那幢新楼，现在已经装潢一新，楼顶矗立着簇新的"淮河国际大酒店"几个字，看上去既熟悉又陌生。如同一个历经浩劫的人，改头换面重新生活。办公区在五层，我穿过酒店大堂，走入电梯，没有遇到熟悉的人，却仿佛感受到我在淮河饭店工作时的气息。等找到"总经理室"门前，我竟心生怯意。忐忑地敲了敲门，心情冷却下来，里面无人应答。

陈哥！一个声音从背后响起。我转过头来，身旁站着一个戴黑框眼镜的女人，穿着深蓝色的西服，像个经理的打扮。我略一凝神，认出来了，傻妞！她嘿嘿一笑，是的！你回来啦，阮总今天好像不在。

我路过酒店，顺道来看看，没跟阮总联系。我说。

到我办公室坐会儿。傻妞冲我招招手。

她竟将我带到隔壁的"副总经理"室，看着她的着装，我恍然意识到她如今已经得到阮总的重用，不禁轻声喊道，郭总……

她扑哧一笑，陈哥，我就是阮总的服务员，什么总不总的，让你见笑哈！她烧水给我泡了杯绿茶，不是毛尖，而是上好的龙井。看着茶叶片在水杯里美妙浮动，还有雅致闲逸的办公环境，空气中散发的清香，我有点恍若梦境之感。和傻妞共事多年，我对她像是瞬间有了新的认识，也可能副总经理这个职位赋予她特别的光彩，比印象中漂亮许多，以前她的灵巧中，总略含一点点笨相，所以被阮总喊作傻妞，瞧她现在像是脱胎换骨了。

我从包里拿出两条烟，放在茶几上，说，我给阮总带的，你帮我交给他。

真不用，陈哥，你心真细，其实你能回来就好，我们都
等着听你讲课。傻妞从抽屉里找出两盒烟，并不拆封，轻轻
放在我旁边。

我都不知讲什么。我说。

傻妞坐在她的转椅上，不加掩饰地看着我，她的眼睛像
是泛着水淋淋的光泽，亮闪闪的。讲你愿意讲的一切，比如
你曾经的经历。她微微一笑。

有个女服务员过来，站门口敲了敲门，嗫嚅说，郭
总……

傻妞眉头一皱，不悦似的吐出两个字，等会儿。那服务
员立刻鞠躬离去。

我都忘记了曾经经历过什么……我像是喃喃自语，不觉
间脖子竟有点发硬。我以前在傻妞面前那么自如、放肆，现
在有点不可控制地拘谨了。

傻妞像是看出了我的不安，语气平淡地说，当年的淮河
饭店，像一把沙子那样散了，你也没有料到会有今天这样的
结果吧？

我心绪忽然乱起来，也蓦然清醒。我曾是淮河饭店的副
总经理，现在仿佛被她替代了，而我不喜欢这种替代感，也
不想与她讨论这个话题，站起身说，我还有点事，周日我们

再见。

她站起来说，陈哥，稍等一下。说着离开办公室。

我端起茶杯，将那杯龙井茶一口不剩地都喝了下去，好茶不可辜负。喝完，我忍不住暗想，我还是脆弱，而且敏感。

走廊里响起轰隆隆的声音，一个男服务生拉着一辆小推车跟在傻妞身后，傻妞笑吟吟地说，陈哥，我跟阮总联系了，她安排给你拿两箱酒，请你务必收下，也算是你这次的讲课费。

我瞄了一眼小推车，上面放着两箱茅台酒。我惊慌得不知说什么好，这是搞颠倒了吧！我感受到一种久违的震撼，阮总这种豪横的派头最令我仰慕。说完，我又觉得自己的话毫无意义。

傻妞咳了一声，阮总还说，今天晚上她请你在宝月湖畔的"紫竹轩"一聚，还有以前淮河饭店的老同事。

3

　　宝月湖是 X 市的水源地，为了保护水质，湖畔的众多餐馆都被勒令关停了。我打车赶到湖畔，在松柏与翠竹的掩映之间，有一处名叫"紫竹轩茶庄"的所在。看到匾额上的字，我不由感叹主人家的高明，外人很难看出这是一个私房菜馆。我故意迟来一会儿，和淮河饭店的老同事见面，心里总有种抑郁的架空感和隔绝感，想来必定物是人非。

　　隔着院子里的竹林，就可以听到包厢里的喧闹之声，尤其是李艳秋浪嗲的声音最明显。我推开门，他们"哇"地尖叫一声，李艳秋端着酒杯跑过来，用胳膊搂住我的脖子，陈总！你终于来了！她将酒气喷在我脸上，抛着媚眼说，你说，怎么罚你？旁边有人鼓掌，我感觉浑身局促僵硬，眼睛匆匆一扫，包厢里摆了一条长方形的茶桌，脸对脸坐了近二十个人。不过阮总不在，靳总也不在，当然靳总大约也不在被邀请之列。正中间的主位上坐着一个红衣女子，冲我微微一笑，眼梢带着语焉不详的神秘意味，又偏着头跟旁边的阮小琴说话。旁边还有退休的高书记，阮小琴的老公，樊露和她的儿子，傻妞，还有以前工程部经理王海冬，保安部经理宋大义，甚至连电工刘书青也来了。地上扔着七八坛花雕黄酒，他们喝得比较嗨，空气里弥漫着一种热烈而忘我的江湖义气。傻妞冲我悄悄努努嘴，然后看了看那个红衣女人。我领会不透她的意思，也不认识那个女子，就干脆装作没看见。黄酒被加入姜丝，在壶里煮过，有股淡淡的甜味。我拿过酒壶给大家敬酒，时不时瞟一眼那个红衣女子，她微笑的眼角像带着冷风，令人捉摸不透，但看上去又有种无害而纯洁的感觉。她发现我在看她，抬起眼飞快地从大家脸上掠过，随即长久地垂下。刚喝了三四杯，刘书青夺下我的酒壶，闪着一口白牙说，陈总，你先吃几口菜，等会儿再敬！我拍拍他瘦弱的肩膀，还是他能够体谅我酒量差。想问他的近况，又觉得乱哄哄的情境说那些体己话根本不适合。

　　靠墙茶桌上摆着几只茶盏，沏好了绿茶，我端起一杯慢慢喝，墙上挂着一幅国画，题曰《宝月秀色》，左右配楹联：我与春风皆过客，你携秋水揽星河。李艳秋正在和王海冬闹腾，她揪住了那厮的耳朵，那厮正夸张地吸嘴尖叫。宋大义在旁边叫好、鼓掌。我心里却没着没落的像是与世隔绝了，本是想来见阮总的，可惜他并不在，这导致聚会的主旨一直隐而不露。虽然都是老熟人，喧闹之下我却总有种被浓雾遮蔽的感觉，意念游离，甚至有点无聊。

傻妞走到我身边说，陈哥，阮总问你想吃什么，想再给你加两道菜。我苦笑一下，心想傻妞现在真的是蜕变升华了，阮总不在都这么会替他说话。我说，不用。傻妞冲我晃了晃一把车钥匙，说，你跟我来。我犹疑地走到院内，她按了下手中的遥控器，一辆橄榄绿的路虎车灯闪烁一下，车子的后备箱装着各式各样的茶，还有茶具。傻妞说，阮总问你喜欢喝什么茶？福鼎白茶可以吗？说实话我平时只喝本地绿茶，阮总大体也是如此，他只喜欢抽烟，对喝茶也是不太讲究的。我问，这路虎是阮总的座驾吗？傻妞眨眨眼说，是啊！我看了看车身的橄榄绿色，感叹道，阮总心态年轻啊！傻妞捂嘴一笑，阮总本来就年轻嘛！这时樊露从包厢里走了出来，脆声问我，你是今天回来的吗？我说，是啊！傻妞拿着茶饼，笑着从她身边走过。樊露脱去了外套，身着毛衣，两手插进裤兜，笑着问，北洋，你是不是到省城之后，才后悔出去晚了？我挠挠头，还真没想过。她说，你抛下副总的职位考到省里去，全世界都拉不住你，后来我们都醒悟了，我们离开淮河饭店太晚了，出来就应该趁早，外面的世界真好！说着她前后挥舞双臂，非常轻松惬意的样子，饭店改制时我们寻死觅活的，现在想想真傻！我看着她脸上自信、畅快的神情，附和道，是哈，外面对我来说，不敢说有多好，但肯定不坏。傻妞站在门口喊，茶泡好了，难得聚聚，进来品尝下吧！

　　包厢里的人分成三四团，挤在一起说话。全喝醉了，都端着酒杯站着啰唆，说的全是醉话、车轱辘话，翻来覆去地说。桌上杯盘狼藉，宋大义将一块西瓜咬过一口之后，掉进了面条碗里，他竟然又用手去拨弄，可能是想捞出来再吃。那个红衣女子还在和阮小琴坐着低声私语，她们像是久别重逢，对大家酒后的粗鄙、放荡毫不在意……李艳秋在给男人们点烟，但她不把烟放嘴里吸，而是手持香烟，用打火机干烧，等将烟点燃，前面的半截已被烧得黢黑黢黑的，像个柴火棍。王海冬拉着高书记的手，忽然单膝跪下，嘴里喊道，今天才知道我是个傻逼，我永远感谢高书记！刘书青将他从地上扶起来，他仍然边摇头边说，我是个傻逼！我猜不透发生了什么，如同搞不清这个聚会的脉络所在。李艳秋将她才烧好的半截烟递给我，不让我用手接，而是塞进我嘴里，我刚要说谢谢，她头朝垃圾桶一偏，吐出一口秽物，然后身子一颤，仰面躺倒在沙发上，痛苦万状。

傻妞看看绵软无力的李艳秋，一边沏着白茶，一边嘿嘿笑着说，黄酒醉人是最难控制的，有点像蒙汗药突袭，不知不觉间就醉了。我说，是啊，王海冬大概就是被蒙汗药麻倒了。我发觉傻妞今晚笑得非常迷人，给人一种特别的温暖与体贴之感。她递两个橘子给我，凑到我耳边低声说，你不给阮总敬酒吗？你们可是老同学啊！我心里大惊，阮总不是不在吗？傻妞瞪眼看看我，谁说不在？阮总一直在，是你不理人家！我彻底糊涂了，扭着头看了看长桌上的人，低声问，你说的阮总是谁啊？不是阮大珍吗？傻妞声音压得比刚才更低，阮总就是阮大珍的女儿阮竹枝啊，不是你的同学吗？她控股的淮河文旅公司收购了淮河饭店，你不知道吗？我心里像是划过一道闪电，"阮总"这个字眼一直被我限定在既定的格局之内，此刻才知道它所代表的含义，像拨开了迷雾，也令我发蒙。我真想痛斥傻妞一顿，她天天阮总、阮总，多一个字都不肯跟我讲，果然还是个傻妞！那个红衣女子像是听到了我和傻妞的对话，她站起身，脚步款款地走过来。我有种晕眩感，不错，是阮竹枝，但又有点诡谲，她露齿微笑的时候，我记忆中的那颗虎牙却不见了，鼻梁也好像比以前坚挺了许多……我、我才知道……是你……我慌乱得口吃了。

嘘——阮竹枝把食指举到嘴边。

我们出去走走。她说着走出包厢。

院子的影壁后面，有条向下的石阶，一直通往宝月湖畔。两边是竹林，与水岸处的芦苇衔接在一起。真没想到……我说。她并没有抬头，一直小心地看着脚下，走到接近水边的一级石阶上，兀自坐了下来。半月当空，湖水一下一下地拍打堤岸，除了水浪声，再无其他杂音。坐在这里，给人一种默契而欢喜的感觉，像一种有名无实的暧昧，我闻到了她身上的香气。

一直以为我们是路人，其实，我们还是朋友。阮竹枝冲我笑笑，又看向远处的湖水，她一头长发，总是遮住脸颊。

你的一封推荐信，我在淮河饭店干了十二年。我想了想说，我们并不能算路人，今晚看到你，算是故地遇故知。

哈哈。阮竹枝忽然捶了我一拳，显然像微醺之时的丧失理性，她很快又回归矜持，看向波光粼粼的湖面。

你这些年……都还好吧？为了避免冷场，我问了句傻话。

阮竹枝长长吁一口气，像是有点黯然神伤，她拨弄着头发，我都不好意思承认我的现实，我离过婚……你都不知道我曾经历过什么……

你也不知道我经历过什么。我说。

你经历的事情可以用一个词概括吗？她轻声问道。

我哑然，十多年的生活用一个词去概括，太难了点。

你若还在饭店多好，可以给我好好讲讲！她忽然站起身来，用手去撩湖里的水洗手。湖水时而暗黑，时而澄明，像是通往无边的深处。

她的话令我心里一热，语气和神态还和当年一样率真、纯洁，时间可以摧毁一切，但她的性格丝毫没有变。往事如湖水浪波，层层叠叠推至眼前。

等我们回到茶室，包厢里的人已经散尽了，傻妞正在收拾残局。

这算什么？真拙劣！阮竹枝忽然大叫道。

我站在茶室门口等她，她说要让傻妞开车送我回市区。夜风吹来，我瞬间顿悟，这间茶室大概就是阮竹枝的，名叫"紫竹轩"，栽种这么多竹子，极像阮竹枝的创意。

我正想问发生了什么，阮竹枝笑嘻嘻地走出来说，北洋，今晚真是热闹，车开不成了，我们一块儿走走吧！

我不理解她的意思。

傻妞从茶室跑出来，小心翼翼地说，真对不起，阮总，都怪我！

怎么了？我问。

　　路虎车的钥匙，就放在餐桌上，客人离开以后，钥匙竟然找不到了……傻妞略有迟疑地说。阮竹枝哈哈一笑，这就是我精心准备的聚会……她脸上的笑看上去有些疲惫，也像是故作的兴奋。她的腿有点发硬，沿着林间小路往前走，一步一趔趄，像是难以自控，而当我想扶她时，她又身子一晃巧妙地躲开，嘴里哈哈大笑着说，都是什么人呀，北洋，你说都是些什么人？

　　恶作剧。我拉住她的手说，想起来了，这些年我所经历的生活，全像是恶作剧。

2021 年 1 月 22 日

图书在版编目（CIP）数据

河畔／陈宏伟著. --郑州:河南文艺出版社,
2021.12

ISBN 978-7-5559-1223-1

Ⅰ.①河… Ⅱ.①陈… Ⅲ.①长篇小说-中国-
当代 Ⅳ.①I247.5

中国版本图书馆 CIP 数据核字（2021）第 200636 号

选题策划	俞 芸	
责任编辑	俞 芸	
书籍设计	张 萌	
责任校对	殷现堂	

出版发行	河南文艺出版社
本社地址	郑州市郑东新区祥盛街 27 号 C 座 5 楼
承印单位	河南瑞之光印刷股份有限公司
经销单位	新华书店
纸张规格	890 毫米×1240 毫米 1/32
印　　张	6.625
字　　数	118 000
版　　次	2021 年 12 月第 1 版
印　　次	2021 年 12 月第 1 次印刷
定　　价	48.00 元